JN221938

王太子に捨てられ断罪されたら、大嫌いな騎士様が求婚してきます

目次

王太子に捨てられ断罪されたら、大嫌いな騎士様が求婚してきます

プロローグ

「やだっ」

恐怖で顔を引きつらせながら、私は圧(の)し掛かってきた男から逃れようと身をよじった。

しかし体格のまったく違う相手には通じない。布地の裂ける音と、悲鳴が重なる。自分の悲鳴であるはずなのに、どこか遠いところで聞こえた。まるで他人ごとのように、非現実的だった。

暴かれた裸体を無言で見下ろすその男を、私は憎しみを込めて睨(にら)みつける。

「大っ嫌い」

そう吐き捨ててから首を傾(かたむ)け、牢の外からこちらを見ているクリフォード様に、必死で訴えかけた。

「やめさせてください、クリフォード様」

王太子クリフォード殿下は牢番に用意させた椅子に座り、その膝に元婚約者の公爵令嬢を抱きかかえ、こちらを見物している。髪と同じく銀の輝きを放つ瞳に、感情の色は皆無だった。

クリフォード様の膝の上——元は私の場所だ——には、さんざん洒落にならないような意地悪を繰り返し、悪役令嬢の名をほしいままにしていたローレッタ様がそこにいる。今は私から目を逸らし、クリフォード様の肩に顔を伏せていた。

私はクリフォード様の、昔の気持ちに縋りつくように叫んだ。

「クリフォード様、どうしてこんなことをお命じになるのですか！　私のこと、愛していないの？」

「平民の分際で名を呼ぶなニーナ。汚らわしい。王太子殿下と呼べ」

クリフォード様の怒りに満ちた声に、私は絶望する。さらに私に圧し掛かる男——王太子の専属騎士が、私を脅してきた。

「静かにしろっ」

氷のような無表情でそう言ったのは、漆黒の髪に血のような瞳を持つ黒の騎士ノワール。真面目で忠実ゆえに、王室騎兵隊の中から選ばれる王太子直属の護衛の中でも、一番信頼されていた。今だけではない、これまでもずっとクリフォード様に影のごとく付き従っていた、顔見知りの騎士様なのだ。

無慈悲に剥ぎ取られた胸衣とコルセット、引き裂かれたシュミーズ。黒い革の手袋をした手が伸びる。私はまた悲鳴をあげていた。

「黙れ」

低い声で再び脅された。

好きな人からの命令を受けた男に、強姦されそうになっているのよ？

静かにできるわけがない。

「触らないでっ！」

もがく私の露(あら)わになっている乳房を大きな手が掴んだ。革の冷たい感触に、私はヒッと息を吸い込む。

「ひねりつぶすぞ、黙れ」

恐怖で体は固まっていたが、再びクリフォード様の方に目をやった。

私と黒の騎士ノワール様の様子を見て興奮したのか、いつの間にかローレッタ様とイチャイチャしているではないか。

こんなの嘘よ。

ノワール様は何を考えているか分からない真紅の瞳で、じっと私を見下ろしている。私は思いきり睨(にら)み返していた。

クリフォード様の叱責(しっせき)する声がした。黒の騎士ノワール様は、その声に弾かれたように動く。

ドレスの裾をめくられ太腿まで露(あら)わにされた私は、もうダメだった。いくら楽天的な私でも、限界だった。

「今さらしおらしくするな、売女(ばいた)め!」

黒の騎士が吐き捨てた言葉には、一片の同情もなく、憎悪が籠っていた。

人懐っこい平民の私が断罪されるまで

どうしてこんなことになったのか。それは、私が調子に乗ったからだ。

少し前まで、クリフォード様――王太子殿下の心は、完全に私のものだった。

私の実家は、王都の一等地に店を構える老舗の薬屋だ。王室侍医からも処方依頼が来ていて、それなりに裕福であった。それゆえに、貴族や金持ちしか入れない王立学院の薬学科に入学できたのだ。王立学院の研究室の費用は、貴族からの出資も受けられて潤沢だった。さらに学院には錬金術科もあるため、彼らの力を借りて化学反応を起こす実験も手軽に行える。私は水を得た魚(うお)のように、研究に没頭することができた。

そうしてさまざまな新薬を開発し、優秀な成績を収めていた。学院で臨床試験を繰り返した薬品は、副作用の有無などの確認を経て承認されれば、私の実家で真っ先に取り扱うことも許されている。思えばその頃は、研究が楽しくて毎日が充実していた。悪役令嬢と呼ばれているローレッタ様からの嫌がらせなど、あまり気にならないほどだった。

入学当初から、ローレッタ様は私に絡んできていた。取り巻きを使って私の学用品を破壊させたり、中庭にある池の中に突き落としたり、平民の学生にも手を回し、仲間外れにさせたり。断れない貴族のお茶会に招待しておきながら、いざ行ってみれば「平民が参加できると思っているの？」

と私を笑いものにしたあげく、追い返したこともあった。

学院時代、物怖じすることのない人懐っこい性格だった私の周りは、老若男女問わず人で溢れていた。ローレッタ様は、それが気に入らなかったのかもしれない。確かに……私がこんな性格でなければ、私とクリフォード様の人生も交わらなかったはずなのだ。

入学したばかりの頃だった。私は王太子殿下の顔を知らず、他の平民男子らと同じようにクリフォード様にも気軽な調子――馴れ馴れしいタメ口――で接してしまったの。当然、後になってから王太子殿下だと聞いて青ざめたものだ。

そりゃあね、やけにお付きの人が多い生徒だな、とは思ったわよ？　でもお金持ち学校なだけあって、他にも使用人や護衛を控えさせる生徒はいたのだもの。え？　王族オーラ？　分からないわよ！

ところが、無礼な態度をとっていたはずの私は、なぜかクリフォード様から「おもしれー女！」と言われ、気に入られてしまったのである。

私は研究に気を遣いすぎているのかそれとも生まれつきなのか、人に対しては大雑把だった。男だとか女だとか、年上だからとか年下だからとか、あまり気にしない。

だから、彼さえ気にならないのなら、そのまま態度を変えなくていいと思ったの。だって、彼もそうしてほしそうだったから。みんなから気を遣われて、寂しそうだったから……

王族に限らず、学院の生徒たちには階級や派閥があって、なんとなく校内はギスギスしていた。

私はそういう雰囲気が大嫌いだった。だから貴族にも平民にも、持ち前の雑さと陽気な性格で、分け隔てなく接してしまったの。王族にもね。

でもね、そんな私だったからかしら。殿下も他の生徒たちも、苦笑いしつつやがて心を開いてくれるようになったのよ？

それなのに……。ある時から、最初は仲良くしてくれていた貴族令嬢たちの態度が、徐々に変わってきた。やがては平民を含めた女子生徒らの多くが、まるで潮が引くように私から離れていってしまったのだ。そして、いじめに加担するようになった。

黒幕は悪役令嬢ローレッタ様。彼女から、女子生徒たちに通達がいったみたいなの。

ローレッタ様は、並みの貴族とて卒業すれば滅多にお目にかかることができなくなる、エディンプール公爵家の令嬢だもの。逆らえないわよね。

エディンプール公爵家は、他界された最初の王妃オリビア様のご生家で、その子息であるローレンス王子を王太子にすべく奔走してきた家門だった。病弱だったオリビア様に似たのか、その遺児であるローレンス王子も虚弱体質で、五歳までは生きられぬと診断されていた。なんとか存命中ではあるものの、今もずっと臥せっておられるとか……。ただ、お体は弱くても昔から利発で慈悲深く、王の器であるという評判だ。

研究室で成果を出すのは楽しい。それにせっかく学費を出して勉強する環境を与えてくれた両親のことを考えると、弱音は吐けない。私は彼女からのさまざまな嫌がらせに、ひたすら耐えるしかなかった。そんな私に過剰なほど同情したのが、王太子クリフォード殿下だった。

クリフォード様の母君は現王妃アビゲイル様で、そのご生家であるアシュフィールド公爵家は、元々エディンプール公爵家と険悪な関係にあった。

　つまりローレンス王子の従妹であるローレッタ様は、クリフォード様にとっては政敵なの。そんな関係にあって、そのうえお気に入りの私という存在をいびられ、クリフォード様は本気で腹を立てていた。

　さらにクリフォード様は、他の男子学院生にも分け隔てなく接する私を見て、焦燥感を募らせた。焼き餅を焼きはじめたのだ。

　どうやらクリフォード様の中で私は「守ってやりたいおもしれー女」から「他の男に取られる前に、身分差の障害を乗り越えてでも手に入れたい女」に変わっていったらしい。

徐々に、私にのめり込んでいったのだと思う。道を踏み外すほど。……だって、私がそうだったから。

　彼の気持ちに気づいた時は、恐れ多いと思った。平民の私に恋をするなんて、さすがに間違っているって。その気持ちは勘違いだって、説得だってしたわ。

　だけどクリフォード様はいつも寂しそうで、私といる時だけくつろいでいるように見えた。私といる時だけは、荒(すさ)んだ怖い表情から、笑顔になってくれる。そのギャップや自尊心をくすぐられる特別感に、いつしか私も惹かれていったのだ。

　学院の二年目には、私とクリフォード様は相思相愛。密かに交際するようになっていた。

　ところが、最終学年に上がった年のこと。ローレッタ様と、クリフォード様の婚約が発表されたのである。

私は絶望した。でも、どこかで分かってはいた。相手は王太子殿下だ。私では釣り合わない。公爵令嬢ローレッタ様は、家柄だけではないもの。スラリとした体型の、艶やかな美女なのだ。胸やお尻が大きいのがコンプレックスの庶民的な私なんかじゃ、太刀打ちできるわけがない。

泣く泣く別れを切り出した私だが、クリフォード様から婚約自体が不本意なものだと告げられ、縋りつかれた。そして熱心に説得されたのである。ローレッタ様との婚約の解消、さらに貴賤結婚の話までされて。

そこまで言われれば、こちらも夢を見てしまう。なぜなら、巷の貴族らの間で貴賤結婚は流行していたからだ。ベストセラー作家による戯曲や小説の中身なんかは、令嬢と執事、メイドと伯爵家子息なんていう、身分差恋愛ものばかりだとか……

もしかしたら、王家もそうなっていくのかも。時代は変わりゆくと言う。真実の愛なら、恋愛結婚が許されるのかも。そんな風に期待してしまったのだ。

王族という夢の世界の住人に、囚われてしまった私が悪い。王太子と平民が、ゴールインできるわけがなかったのに……。だけど恋に落ちてしまった私はそれに気づかず、この時はクリフォード様からの愛を信じていた。

王立学院卒業式の日のことだ。

「エディンプール公爵令嬢ローレッタよ」

卒業パーティーでクリフォード様はローレッタ様に指を突きつけた。

「これまでのニーナ嬢に対する数々の嫌がらせを、ここで断罪する！　君との婚約は破棄するっ！」

やった！　ついにおっしゃってくれた！　私は嬉しくて嬉しくて、クリフォード様の腕にしがみついた。

さんざん私に意地悪してきたローレッタ様の顔がみるみる青ざめるのを見て、胸がスカッとしたの。

護衛で付き添っていた黒の騎士ノワール様が、クリフォード様に聞こえないよう背後でため息をつくのが分かった。

王太子専属騎士はノワール様だけじゃない。基本ノワール様がピッタリくっついているけれど、ムキムキ筋肉の金の騎士ドレ様と、ちょっぴりチャラい赤の騎士ルージュ様は、もっととっつきやすいのに。

ノワール様は何かと私とクリフォード様の間に割り込み、邪魔しようとするのだもの。クリフォード様と一緒にいる私を快く思っていないのがよく分かった。軟膏や精力剤、焼き菓子などを作って差し入れしても、彼だけは決して受け取ってくれなかった。相当嫌われているのね。

でも、それがなんだというのかしら。真実の愛の前に、そんな障害は微々たるもの。

「ニーナに今ここで謝罪してもらおう。嘘をついても無駄だぞ、認めるな？」

クリフォード様は本気でローレッタ様に怒ってくれていた。嬉しい。

ローレッタ様の指示で行われたいじめは苛烈（かれつ）で、精神的な攻撃だけにはとどまらず、私の体には生傷が絶えなかった。研究をぶち壊されそうになった時は、本当に頭にきた。同じチームのみんなにも申し訳ないし、何よりも莫大な研究費がパーになってしまうからだ。

風評被害もすごかった。ありとあらゆる男性に色目を使うビッチだと噂を広げられてしまっていた。純粋な王太子殿下は騙されているのだと……。でもクリフォード様はもちろん信じなかった。私にはそれで十分だった。

ところが断罪されても悪役令嬢は悪びれない。それどころか、私を見て鼻で笑ったのだ。

「殿下、わたくしがたかが平民ごときに、そのような手間をかけるとでも？」

悪役令嬢ローレッタ様は、ツンッと横を向く。クリフォード様が隣で憎らしげに彼女を睨みつけた。

ローレッタ様は、自分で自分の首を絞めている。それが分からないのだろうか。

私、知っているの。家の関係で拗れていても、ローレッタ様がずっとクリフォード様のことを好きだったってことを……。共に学院生活を送っていたら分かるわ。いつも貴女は羨ましそうに、私とクリフォード様を見ていたものね。でも私だって譲れない。真実の愛のためなら……

私は、自分が平民初の王太子妃――やがては王妃――となり、歴史に名を残すことになるかもしれない恐れ多さに慄いた。

ところが次の瞬間、さらなる憎まれ口をきこうとしたと思われるローレッタ様が、口を開いたまま固まった。

「…………？」

私もクリフォード様も、彼女の異変に気づいた。ローレッタ様は、まるでたった今夢から目覚めたかのように、その紫紺の瞳を見開いたのだ。

いつもの意地悪そうな、だが美しい顔がへにゃっと崩れる。クリフォード様や私を含め、パーティーの会場にいた者たち全員がぎょっとなった。

あれ？　何か変だわ。憑き物が落ちたかのような――

まるで捨てられた子犬みたいに、眉尻を下げた情けない顔になってしまったのだ。

え？　誰これ……

ローレッタ様は、茫然としつつ小さく呟いた。

「うそ、これって乙女ゲーム『王宮に咲く紫の薔薇に鐘（ベル）が鳴る』略してバラベルの断罪シーンじゃない!?」

そんな謎の言葉を、確かに聞いたような気がした。それからしばらく挙動不審な様子でオロオロしていたけど、やがては悲しげにその長いまつ毛を瞬かせ、クリフォード様に向かって言ったのだ。

「ええ！　ええ！　もちろんですわ。これまでの数々の非道なふるまい、ここに謝罪いたしますわ！　最推しキャラ――いえ、王太子殿下。ヒロイン――ニーナさん、ごめんね」

えぇぇぇぇえ!?

周囲がざわざわとざわめく。あの悪役令嬢ローレッタ様が謝ったですって!?

私も唖然としたけど、一番驚いていたのはクリフォード様だった。ローレッタのやつ、何か悪いものでも食べたのか!?　と激しく動揺している。

ローレッタ様は藤色の縦ロールを後ろに払うと、ふわっと優しい笑みを浮かべた。それは誰もがうっとりするほど美しくて、そういえばこの方、悪役令嬢のあだ名が定着する前は、王宮に咲く紫の薔薇と謳われた美少女だったと聞いたことがある。

「どうか、お幸せに。わたくしはこれまでの悪行を反省し、修道院に入りますわ」

そっと涙を拭い、はやくエンディングの鐘よ鳴って！　と叫びながら去っていくローレッタ様の背中を、クリフォード様はポカンとして見送った。私もだ。

とても信じられなかった。おかしい……。何かの罠じゃないかしら。しおらしいふりをして、また私を陥れるつもりなのではないの？　もちろん、卒業パーティーにいた誰もがそう思っただろう。

でも本当にローレッタ様は、それ以来悪役令嬢の片鱗すらなくしてしまったのだ。


違和感による一抹の不安を残しながらも、これでクリフォード様は私のものになると思った。悪役令嬢からの嫉妬、護衛騎士からの嫌悪の視線を気にしなくてよくなる。

エディンプール公爵と決めた婚約を勝手に破棄された国王夫妻は大激怒し、クリフォード様に謹慎を命じた。しかし当の彼は私との結婚を強引に進めようとがんばってくれていた。

嬉しかった。時代は変わってきているのだ。これからは、王族も好きなように伴侶を選べるようになるのだわ。

ただね……いつも思うの。クリフォード様が、王太子でなければよかったのに、と。ただのイケメン学院生だったらよかったのに。彼と普通に恋愛し結婚し子供を持てれば、私はそれで満足だったのに……。私の家はそこそこ裕福だったから、王家に嫁いで贅沢したいわけではない。王太子妃になるのかと思うと、怖くて仕方なかった。それでもクリフォード様が望むなら、精いっぱい支えるけれど。

そういえば一度だけ、王太子の座を譲ることはできないのか聞いてみたことがある。

クリフォード様は驚いたように私を見て「まさかエディンプール公爵家と同じ――」と言いかけた。私が不思議そうに彼を見返すと、探るように私をじっと見つめ、それから言った。

「そんなはず……ないか」

「え？」

「……とにかく二度とそんなことは言わないでくれ。ローレンスの体では耐えられないし、あとは女ばかり。僕が次の国王だ」

きっぱり言いきられてしまい、私はしゅんと下を向いたのだ。彼の心は決まっているのね。

「君は僕を信じていればいい」

私は弱々しく頷いた。クリフォード様は王太子。彼と結婚するということは、やはり私が次の王妃になるということなのだろう。

改めて、真実の愛を貫く重さを感じた。

謹慎中のクリフォード様と私が、お忍びで街デートを楽しんでいた時のことだ。

地味な格好をしたローレッタ様が――あの平民いびりで有名なローレッタ様が、慈善活動にいそしんでいるところに出くわした。

卒業後に会うのは初めてだったが、すっかり様子が変わっていた。ローレッタ様とは思えない慈愛に満ちたやんわりした笑顔をふりまき、浮浪者や孤児を集めて炊き出しをしていたのだ。

クリフォード様はそれを見て「あり得ない」と呟き、首を横に振った。そして私が止めるのを無視して、ローレッタ様に近づいた。

「何をしている、君はまだ公爵令嬢であろう？」

ローレッタ様はクリフォード様に気づき、青ざめた。

「まあ、でで、で、殿下。殿下こそ。こんな下町に出てきては危険ですわ」

「騎士らが陰から見守っているから大丈夫だ」

ローレッタ様は私に気づき、にっこり笑いかけてきた。

「お天気がいいから、デートですのね」

私はその美しさに恐怖した。私の自慢のクリームブロンドも大きな若草色の垂れ目も、彼女のエレガントでゴージャスな美しさには敵わない。薔薇とオオイヌノフグリくらい違う。

実際艶のある紫色の髪とアメジストの瞳のローレッタ様は紫の薔薇そのもので、みすぼらしいフード付きのマントを羽織っていても気品に溢れていた。

客観的に見て、彼女が豪華な銀髪を輝かせるクリフォード様の横に立つと、すごく似合って見えた。

不安でしょうがなかった。クリフォード様がローレッタ様を食い入るように見ているのが、すごく嫌だった。

「修道院に入るとおっしゃっていたのに」

気づくと、私はローレッタ様にそう言っていた。

「クリフォード様に全学院生の前で辱められたのに、どうしてまだ王都にいらっしゃるのですか？」

クリフォード様の顔が気まずそうに歪むが、私は構わず非難する。

「私なら人前には出られません」

「ニーナ」

クリフォード様に窘められて、ハッと口を押さえた。

ローレッタ様は辛そうに顔を伏せて呟いた。

「わたくしは、公爵令嬢という立場に甘んじ、他の貴族の皆様のようにノブレスオブリージュりませんでしたの」

ノブレスオブリージュる？

きょとんとする私の横で、クリフォード様が説明してくれた。貴族には、その地位や財力に応じた社会的義務があるんだよ、と。さらには、平民のニーナには分からないだろうけどね、と付け足され、なんとも言えない気恥ずかしさと、苛立ちがこみ上げた。境界線を引かれたような気分になったのだ。

ローレッタ様はそんな私には気づいた様子もなく、もじもじしながら言った。

「それで都のスラム街が、急に気になりだしましたの」

小さく「転生前の日本には、こんなやせ細ったストリートチルドレンはいなかったもの」と呟いたのが聞こえたが、私にはなんのことだか分からなかった。

「クリフォード様が、やがてこの国を変えてくれると信じておりますわ」

ローレッタ様はたじろぐクリフォード様に、再度眩しいほどの笑顔を向けた後、炊き出しに戻っていった。


その後くらいから、クリフォード様は物思いにふけることが多くなった。

卒業後は頻繁に王宮に遊びに行っていた私だ。以前は執務中でも喜んでくれたのに、最近は明るく笑いかけてくれることが少なくなってきた。さらには、私を誘わず一人で街に出るようになった。

その日も彼は、王宮敷地内にいなかった。

おかしいわ。今日はちゃんと約束を取りつけていたのに。

クリフォード様の部屋はもぬけの殻で、使用人たちがせっせと中の掃除をしていただけだった。

忘れているのかしら。一緒に身分差恋愛物の歌劇を見に行く約束だったのに……

渡り廊下をとぼとぼ歩いて、煌(きら)びやかな建物の正面に向かうと、馬車回しに王室騎兵隊の制服を着用したノワール様を見つけた。おそらく先に出発して小さくなっていく馬車を、今まさに馬で追おうとしているのだ。ならば、クリフォード様が乗っているはず。

「待って！」

慌てて大声で呼び止め、黒の騎士を捕まえた。別の騎士ならよかったのに、と思う。護衛たちとも仲良くしようと距離を縮めたが、彼だけはずっと私に冷たかったのだ。

「クリフォード様はどちらに向かわれたの？」

きっと急な予定が入ったのよね？　影のようにクリフォード様に付き従う彼なら知っていると思い、私は取り縋らん勢いで尋ねていた。

「教えてちょうだい」

ノワール様は急いでいたのだろう、苛立ちと蔑みを込めた目で、馬上から私を見下ろした。

「殿下と呼べ、売女」

「なっ……」

屈辱でカッとなる。私が王太子妃になったら、必ずこの護衛を解雇してやると誓った。黒の騎士服をパリッと着こなすその姿は素敵だが、見た目だけだ。性格は最悪。なにがエリート直属騎士よ！

「ねえ、どこなの？」

意地悪冷血人間！

と内心罵りながら、騎士に向かって詰問する。

「教えてよ」

「謹慎が解ければ、ご公務でさらに忙しくなる。貴様など相手にされなくなるぞ」

ノワール様はそう吐き捨てるなり、馬の腹を蹴ってさっさと走り去ってしまった。

悪意には慣れている。学院でも街中でも、ローレッタ様の差し金なのか、後ろ指を指されてきた。

でもそんなこと、クリフォード様の好意があったから気にならなかったのだ。

今は、もう違う。黒の騎士の心ない言葉が、やけに胸を抉った。

クリフォード様と会って安心したい。私はただ、クリフォード様を愛しているだけ。間違ったことはしていない。

そうでしょ？　クリフォード様……


後から聞いて知ったことだが、クリフォード様はまめにローレッタ様の慈善活動を手伝うようになっていたという。

「謹慎中で暇だったから。お、おまえのためじゃないんだからな！」とローレッタ様に言っているのを、街の人たちは微笑ましく見守っていたのだとか。

いつの間に……。どうりでデートに誘ってくれなくなったと思った。もちろん陛下の怒りを買って謹慎中なのだから、本当は街に出てもいけないのだけれど……

しょんぼりして家に帰ると、両親が嬉しそうに伝えてきた。

「ニーナ、今度王宮に行く時はこれを持っていってくれ」

薬の箱を渡してくる。

「お前が学院時代に調合した肩こりの薬だ。承認されたばかりだが、飛ぶように売れているぞ。塗り薬や湿布の類は巷にいくらでもあるが、飲み薬で内側から改善なんて革新的だと、あちこちで評判だからな。陛下からも、ぜひにと注文が入った」

「殿下とご学友だなんて、運がいいわ。しかもニーナは仲良くしてもらっているそうじゃない。おかげでうちは、ますます有名になったわね」

母もほくほくしている。

両親は私に彼氏がいると勘づいている。でもそれが王太子殿下だとは当然思っていない。たぶんもし知ったら、全力で止められていただろう。両親の世代には、貴賤結婚はまだ受け入れられないに違いないから。ましてや相手は王族。恐れ多く思うのは当然だ。

私は胸を押さえた。変なの。ただ好きになった相手が、王太子だっただけなのに。クリフォード様はクリフォード様だわ。

学院時代にローレッタ様が広げた噂は街にも流れ、ご近所での私の評判はあまりよくない。簡単にやらせてもらえると思った若い男たちから誘われたり、絡まれたり、いきなり襲われそうになったりしたこともある。店の売り上げに響いていないか、心配だった。両親はその不名誉な噂を耳にしているのかいないのか、何も言わないけれど……

クリフォード様を好きにならなければ、そしてローレッタ様に目を付けられなければ、娘の変な噂が立つこともなかったのだろうに……。申し訳ないなと思いつつ、頷いて父から薬の紙袋を受け取った。大丈夫、クリフォード様は私のことが好きだもの。結婚したら街の連中にだって、分かってもらえるからね。真実の愛を貫いたことは、後世に伝えられるのよ。

娘の大それた考えには気づかずに、両親は私を誇らしげに見つめる。

「また何かびっくりするような薬を作ってくれよ、抗生物質とかさ」

「あなたは薬剤師協会の星よ！」

期待を込めた言葉をかけられても、今の私は弱々しく微笑むだけだった。

よく考えたら入学当時は、ただ両親に恩返しすることだけを考えていた。今は、薬のことなんかよりもクリフォード様に会いたい。堕落したものだわ。人間、欲をかいたらダメなのだとしみじみ思った。

クリフォード様の心が離れていくことを意識しつつ、それでもまだこの時の私は思い出の中にある彼の笑顔に縋(すが)りついていたのだ。大丈夫、きっと、彼と結婚できる。ただそれでも、繰り返し思ってしまうのだ。彼が王太子じゃなかったら、と。障害のある恋愛に燃える気力は、私にはないもの。

私はしょんぼりした足取りで、再び王宮に向かった。そこで何が起こるか、露知らず。


それは、肩こりの新薬を侍従に渡し、例によってクリフォード様がいないか王宮を探しまわっていた時だ。

いきなり衛兵らに捕らえられ、なぜかそのまま王宮地下にある独房に放り込まれてしまった。訳が分からない私だった。

王宮をふらついていたから？　でも私、クリフォード様の友人枠で、今までは顔パスで王宮に入れていたのよ？　どうして今さら!?

やがて、地下牢にやってきたクリフォード様が、理由を教えてくれた。

「国王陛下が毒を盛られたですって？」

びっくりして二の句が継げなかった。暗殺されそうになったたってことよね？

「ああ、幸い一命はとりとめたが」

クリフォード様は青い顔でそう告げた。平穏に暮らしていた平民の私が、そんなドロドロした話を聞かされるなんて……。そうよね。王族は常に危険と隣り合わせ。クリフォード様だって、たくさんの護衛がついていて、いつだって見張られていたもの。騎士たちの目を盗んでイチャイチャするのも、大変だったっけ……。一体、誰が？　なんの目的で？　まさか、ローレンス王子の派閥？

ごくっと唾を飲み込む。私たちのせい？　ローレッタ様との婚約を破棄してエディンプール公爵家を怒らせたから、やっぱりローレンス王子を――あれ……？　でもエディンプール公爵がローレンス王子に王太子の位をすげ替えたいなら、狙うのは陛下ではなくクリフォード様ではないの？

？？？？　ていうか、なんで私が地下牢に入れられてるの？　ついでになぜ今、エディンプール公爵家のローレッタ様がクリフォード様の隣にいるの？

さらに私を不安に陥れたのは、おびただしい数の王室騎兵隊の面々までが、私の入れられている牢を取り囲んでいることだ。

なんなのかしら。さわりと不安が背中を這い上る。

「あの、私……どうして？」

「ニーナ、君がそんなことをしていないのは分かっている」

「へ？」

「君が、国王陛下に毒を盛らないことくらい、僕だって分かっている」

もちろん、そんなことはしないわよ！　待って、そんなあり得ない疑いで、私は捕まっているの？

クリフォード様？　どこかよそよそしく思えるのは私の気のせいよね？　ねえクリフォード様、どうしてローレッタ様の腰に手を回したの？　危ないわよ、彼女はエディンプール公爵家。あなたの政敵よ！　たくさんの王室の護衛らが、たかが私一人からクリフォード様を守るように立ちふさがっているのはなんなの？　私は警戒される対象じゃないわ！

「は、早くここから出してください、クリフォード様」

クリフォード様は、感情の読み取れない声で応える。

「君の潔白を証明するため、王室騎兵隊に徹底して調べさせる。それまではここにいるんだ」

この騎士様たちに？　嫌な予感がした。彼らは値踏みするようにこちらをじっと凝視している。

陛下やお妃様直属の騎士まで揃っていて、すごく怖かった。顔なじみの金の騎士ドレ様や、赤の騎士ルージュ様まで、軽蔑しきったような目で私を見ている。ましてやノワール様なんて、射殺(いころ)さんばかりの怖い顔だ。彼らが私のために真相を探ってくれるとは、思えなかった。

案の定、その嫌な予感はすぐに現実のものとなった。

私の出廷しない裁判で、私はあっさり有罪になってしまったらしい。さらに求刑通り、死刑が確定していた。あまりに淡々とことが運んでしまって、感情がついていかなかった。

「あの、どういうこと？　どうして私が死刑なの？」

現実とは思えず半笑いになってしまう。だってばかげている。きっと、悪い冗談だわ。

しかし判決を伝えに再び牢にやってきたクリフォード様は、決してふざけているようには見えなかった。

背後に控えるノワール様の存在は分かる。専属騎士は、必ず一人は付いているものだから。でも、どうしてまたローレッタ様を隣に連れているの？　私は怖くなって狼狽え、取り乱してしまった。

「クリフォード様、タチの悪い悪戯はもうやめてください！　なんとかおっしゃってください」

縋りつくも、彼はもうあの優しい王太子殿下ではなかった。

「暗殺未遂の罪だ。君は王太子妃の座を狙って、結婚に反対する国王を殺そうとした」

「そんなことはいたしません！」

クリフォード様は首を横に振った。

「陛下は最近心労がたたってお体を壊しがちでね。まあ、僕が我儘を言ったせいなのだが」

私との交際のことを言っているのだろう。

「複数の薬を毎日飲むようになっていた。倒れる直前、見慣れない薬を飲んだと言っている。その日に新しくつけ加えられた薬があるだろう？」

私はそれを聞いて眉を顰めた。私が持ってきた新薬？

「だって、私の肩こりの薬は、陛下が所望されたのです。承認されている薬です」

「陛下には毒だったんだよ」

ばかな……。私は口を噤んだ。

「そんなはずはございません。臨床試験を重ねて、副作用の有無も確認済みで――」

「ならば、何かよけいなものが混ぜられていたんじゃないか？　我々王族は暗殺を警戒し、幼少時から少しずつ毒に体を慣らしてあるんだ。その陛下が臥せるということは、この辺りでは手に入らない珍しい毒物が入っていたとしか思えない」

クリフォード様はそっけなく言った。

「ニーナ、君はわざと毒を混ぜたんじゃないか？」

信じられない。そんなことを私に言うなんて。私にだけは優しかったあのクリフォード様が……

「珍しい毒を手に入れやすい立場にいて、薬学科を首席で卒業し、王宮に自由に出入りしている者は君だけだろう。王室侍医に薬を扱わせず薬剤師に処方を任せるようになったのはね、過去陰謀に加担した侍医により、国王が毒殺されたという事件があったからだ。信頼していた老舗の薬局がまさか――」

絶望まじりに言われ、私はぶんぶんと強く首を振ってから、鉄格子にしがみつく。

「やっておりません！」

「だが……証人もぞろぞろ出てきたぞ。騎兵隊の連中に調査させた」

クリフォード様は、背後に影のように付き添う黒の騎士に目配せする。彼は前に進み出ると、注意深く紙の包みを開いて、中身を私に見せた。

「国内では国境近くにしか自生しないこの毒草を、闇商人から買ったろう」

「そんなことしておりませんっ」

「ニーナ、毒の件だけじゃない。陛下が危険な目に遭ったのは、一度や二度じゃないんだよ」

クリフォード様が私を見つめる目。完全に、私と出会う前の、人間不信の目に戻っている。

「何人もの刺客が送り込まれていたんだ。そうだな、ノワール」

背後に下がった護衛騎士に同意を求める。

「はい。プロの刺客ではなかったようですが」

ノワール様は、感情の起伏の少ない声でそう答えた。クリフォード様と私の間に沈黙が落ちる。

私は混乱して何も考えられなかった。だって、その刺客と私がどうして関係あるのかさっぱり分からない。

クリフォード様はうつろな目で再び話し出した。

「学院にいる頃、一度だけ僕はね、ニーナを疑ったことがある。エディンプール公爵家――ローレッタの実家のように、異母兄ローレンスを王太子に推したい貴族が君を差し向けたのだと」

え……王太子の座を降りないのかと、聞いたから？

私はローレッタ様の方を見る。王太子殿下に寄り添うように一緒に牢に来ていた彼女は、困ったように目を逸らした。

「違います！　だったらローレッタ様の方がよっぽど怪しいじゃない！　公爵家や、従兄のローレンス様のために――」

「陛下が僕とローレッタの婚約をまとめたのには、訳があったんだ」

クリフォード様が静かに告げた。

「エディンプール公爵家によって、ローレンスの継承権を放棄させるためだ。その見返りに公爵令嬢のローレッタと結婚する約束を取り交わした」

ふっ、と優しく目元を和ませ、彼は隣のローレッタ様を見下ろす。そこには、前は私にだけ向けられていた、信頼しきった微笑が浮かんでいた。

「ローレッタが奔走してくれていたんだ。実家と王家をとりもって、僕の王太子の位を守ってくれた」

クリフォード様は自嘲気味に息をつく。

「僕はガキだな。婚約の理由は聞かされたが、どうしても元政敵との結婚に納得できず、勝手に平民のニーナとの結婚を推し進めようとしてしまった。ローレッタの気持ちを踏みにじってきた」

私は首を何度も横に振った。どう言ったら信じてもらえるの？

「私は、そんなこと知りませんでした。――それにあの時、継承権の放棄が目的で言ったわけではないのです」

ただクリフォード様が王太子でなければと――愛し合える身分だったらよかったのにと、そう思っただけで……

「ああ、それはもう分かっているよ」

クリフォード様は冷笑を浮かべた。

「王家と公爵家を両方敵に回す勢力なんて、結局どこにもなかったようだから」

「では――」

「継承権を放棄させる気がなかったということは分かった。王太子妃になりたかっただけなんだよな、ニーナは」

そうだけど、そうじゃない。その言い方は嫌な感じだ。

「……クリフォード様と結婚したかっただけですわ」

「そうなの？　僕との恋愛が、王太子妃の地位を狙ってのことじゃないと僕に強調するために、継承権の放棄を匂わせたのかと思ったよ」

「――っ、それも違いますわっ！」

王太子妃になりたくないと言えば派閥の回し者だと疑われ、王太子妃になりたいと言えば欲に目がくらんでいると思われるの？　私にどうしろと言うのだろう。

「私は純粋にクリフォード様のことが――」

ノワール様が口を出した。

「王室騎兵隊が刺客らを尋問したところ、口を揃えてニーナという平民女に体で篭絡(ろうらく)されたと白状したようです。ゆくゆくは王妃になりたいから、反対している邪魔な国王をさっさと殺せと」

はぁぁああ⁉　まったく身に覚えのないひどい言いがかりに、私は口をパクパクさせた。

「もちろん実行犯らは、その後すぐ処刑場に連れていかれたよ」

クリフォード様は、ふうっと息を吐きながら低い声で続けた。

「幸い、陛下は無事だったが――僕は殺し屋と結婚しようとしていたのだな」

何が起きているの？

「クリフォードさ――」

「学院時代からふしだらな女だという噂があったが、まさか本当だったとは……。僕は何も見ようとしなかった」

辛そうに眉を顰め、ローレッタ様を抱き寄せる。

「あの、殿下？」

戸惑うローレッタ様には構わず、クリフォード様は深く傷ついたように項垂れ、そのまま彼女の髪に顔を埋めた。ローレッタ様は困り果てている様子だ。

「騙され、君を冷遇した罰だな、ローレッタ。僕は、大義のために婚約の話を持ちかけた立派な君に、ひどいことをした。王太子の責務を忘れ……恥ずかしいことだ」

「い、いいえっ、いいえっ！　このローレッタめはですね、敵であるクリフォード様に熱烈な片思いをしていたようでしてね、だって悪役令嬢が主役のゲームだから――」

ローレッタ様は他人ごとのように、奇妙な告白をした。ひっついているクリフォード様から逃れようと、ジタバタしつつ。

「あれ、回避ルートは？　あれ？　あとこのゲーム、思っていたのとキャラのイメージが違う」

聞き慣れない言葉を出す彼女の雰囲気は、残虐な悪役令嬢ローレッタ様とは明らかに異なっていた。

「僕を好きだった？　婚約前から？」

クリフォード様の顔がパァァアッと輝く。

「で、では、僕の愛をもって君に償おう。君が王家と公爵家の懸け橋になってくれるなら、僕は君にもっと愛される人間になれるよう努力する。立派な王太子に。だから、僕と結婚してくれ」

「いやーあのー、確かに最推しキャラだけど、思ったより現実のヤンデレはキツいって言うかー、スローライフとか隣国の王子ルートでもいいかなーって思いはじめて」

「お願いだ、ローレッタ」

ローレッタ様が何を言っているのか分からなかったが、二人のやり取りは耐えられなかった。

「やめて！　ローレッタ様！　私のクリフォード様から離れなさいよ！」

胸が張り裂ける。私だけのクリフォード様なの。お願い、愛しているの！

「悪役令嬢のくせに！　あなたが私にやったことを忘れたとは言わせないわよ！」

ローレッタ様の肩がビクッと揺れる。すると、クリフォード様の冷気を纏わせたような低い声が響いた。

「ニーナ……貴様、今ここで殺されたいのか？」

ぞぞっと息を呑むほどの残虐な声だった。今まではただの同級生、そして恋人だった。でもその瞬間、初めて彼が王族であることを意識させられた。

ローレッタ様までひぃいいっと悲鳴をあげて強ばったので、クリフォード様は咳払いする。

「この事件には、君の両親も関わっているのか？　ニーナ」

私は目を見開いた。

「……え？」

「陛下の推測だよ。小娘一人のたくらみではなく、その両親が野心を持ち、娘に命じたのではないかとね。王族の外戚に名を連ねようなどと、平民の分際で――まあ、君の両親を尋問すれば、彼らがどこまで関わっているかすぐに分かるだろう」

私はその時やっと、自分が嵌められたのだと気づいた。王太子や、公爵家にではない。国王陛下にだ。陛下は、私に自白させようとしている。

「僕はこんな立場だ。裏切られることには慣れている。だが一度心を許した君につけられた傷は、塞がらない」

クリフォード様の声には絶望と悲しみが確かにあった。国王陛下が、息子である王太子の目を覚まさせるための茶番を、彼は信じたのだ。でも、こんな凄惨で不当な罠になるとは……

王は神と同じ。王族にとって平民は虫けらなのだ。エディンプール公爵家を敵に回すくらいなら、平民をひねりつぶすなど、なんとも思わないに違いない。

背中を寒気が這う。つまり、冤罪を訴えたところで無駄だってことだわ。処刑は決まってしまった。弑逆罪は未遂でも車裂き。何も罪がない両親まで!?

バカだった。両親に迷惑をかけてしまった。私が夢を見たせいで！

こうなったら、国王陛下の手の平の上で踊らされていると分かっても、私にすることは一つしかない。

「待って！　私がやりました！」

せめて、被害を最小にしなければ！　焦った私はありもしないことを自白していた。

「私一人でやりました！　両親は何も知らないことなのです！」

なぜかローレッタ様が、目を見開いて私を見つめている。

「お願いします、私が勝手にやったんです！　暗殺者を雇って陛下に効きそうな毒薬を作って。お父様とお母さまは、国王陛下を誰よりも敬う臣民なので、無関係ですっ！」

クリフォード様はその時、名状しがたい複雑な表情を浮かべた。瞳の銀色が深くなる。次の言葉で、その表情の意味が分かった。

「まいったな……。僕はまだ少し、君のことを信じていたみたいだ」

私はハッとなる。自白したことにより、クリフォード様との最後の繋がりを切ったことが分かった。

「君と過ごした学院時代は、王太子という立場の重圧から、僕を一時的に解放してくれた。逃避だったのかもしれないが、青春をくれた君には感謝していたのだ」

ズキッと心が抉られた。まるで毛を逆立てた猫のように警戒心を解かなかったクリフォード様が、初めて笑いかけてくれた時のことを思い出す。これがツンデレか、と感激したのを覚えている。

国王陛下を暗殺して、強引に王太子妃になろうとした。はっきり私が認めたことにより、きっとすごく傷ついているのだろう。裏切りが確定したのだから。でも、他にどうしろと言うの？　陛下は、私も、私の家族も殺すつもりなのだ。そう決めている。そして私にはもう分かっていた。クリフォード様の気持ちが私から離れていることを。いくら冤罪を訴えても、私と陛下の言い分のどちらを信じるか、明白だった。

チラッとローレッタ様を見る。大輪の薔薇のようなローレッタ様だが、なぜかものすごく挙動不審だった。

「どうしようヒロインが認めてしまった。これってヤンデレルートに突入じゃん。この乙女ゲーム設定甘くない？　殿下、理不尽すぎない？」

ブツブツと意味不明なことを小声で毒づいてから、縋るようにクリフォード様に言う。

「殿下、お願いです。この者を殺さないでください。お願い」

「ローレッタ、君はなんと優しいのだ。あのエディンプール公爵の娘であるからして、てっきりニーナにしたいじめがすべて本当のことだと思ってしまった。優しい君がそんなことをするわけがないな」

私は目を剥いた。何言っているのよ！　その女がどんなねじくれた悪魔だったか忘れたの？

ローレッタ様は当時、クリフォード様にとって——いえ、誰にとっても愛せる人柄ではなかった。私にしてきた嫌がらせは、全部本当にあったことだと知っているはずなのに、まるで何もなかったかのように——

「自作自演だったんだな、ニーナ」

クリフォード様の瞳は、冷たい冬のガラスのようだった。

なんだろう、話が通じない。違和感にぞっとする。それこそ薬でも盛られているのではないの？

こんな人じゃなかった。

「僕は卒業後、彼女の献身的な国民への奉仕に心を打たれた。宮廷に咲く悪の紫薔薇と言われていたエディンプール公爵令嬢が、これほど思慮深く慈愛に溢れた女性であったとは思わなかったのだ」

ローレッタ様が、献身的で優しい⁉

「わたくし、彼女が刺客を雇ったり毒を盛ったりしたというのは、信憑性に欠けると思いますの」

ローレッタ様は必死といえるほど、声高に言い募る。でも、今さら私を庇おうとするのはなぜ？

私にはそのすべてが白々しく思えた。

案の定、ローレッタ様を見るクリフォード様の目尻は、ますます優しく下がっていく。

「僕は本当に見る目がないな……。外面が悪すぎるよ、ローレッタ。中身はまるで天使じゃないか。しかしねローレッタ、弑逆者を赦すわけにはいかない。判決は覆せない」

「いいえ、まだ暗殺事件のことすら公にはなっておりません。考えてみてください。陛下が暗殺されそうになったことが明るみに出れば、王宮の警備の甘さが露呈してしまいますし、国内の反勢力に隙を見せることになりますわ！　公爵家当主がローレンス王子の継承権の放棄を促したところで、親族の中にはまだ王子が王太子になることを諦めていない者もいます。ですから、クリフォード様が頼めばきっと、なかったことにできるはず」

早口で並べ立てるローレッタ様に、クリフォード様は口元を綻ばせた。とろけそうな表情に、私の胸の内がズタズタになる。全部、私だけのものだった。

「君は頭もいいのだな、ローレッタ」

彼女が何か言えば言うほど、印象がよくなっていく。つまり、私を庇うのはローレッタ様の計算に違いない。私はギリッと奥歯を噛み締めた。

「では、僕からの求婚を受けてくれるのかい？　もし君が僕を許してくれて、もう一度正式に僕の婚約者になってくれるなら、この者やその家族にも、陛下の恩赦がくだるだろう」

ローレッタは頭を抱えている。

「ヤンデレ怖っ……やっぱ領地でスローライフがいいわ……でもゲーム内とはいえ人の命がかかってる！」

ブツブツ理解不能な独り言を呟いていたけれど、やがて諦めたようにローレッタ様は頷いた。

「分かりましたわ。まだどこかに分岐点があるかもしれないし。ヤンデレ溺愛ルート——いえ、殿下の求婚をお受けします！」

クリフォード様の顔がパッと輝く。

「婚約を破棄した僕を許してくれるなんて！　では、君に証明しよう。僕はもうニーナに未練などないのだと！」

「いえいえ、結構です、早く解放してあげてくださいませ！」

ローレッタ様が叫ぶも、悦に入ったクリフォード様は、背後に控える騎士様に命じた。

「ノワール。ニーナを犯せ、我々の目の前で」

※　※

殿下にそう命じられ、悪趣味だな、と俺は思った。元恋人の下した命令に凍りついた娘は、入学してすぐ殿下の心を掴んだ魔性の女、恐れ多くも王族の結婚を邪魔した愚か者だ。王族の婚姻関係など、触れてはいけない伏魔殿なのに。

このニーナという娘、顔は見るからに純粋そうな童顔である。マシュマロのようなふくふくした頬に、若草色の明るい瞳、柔らかそうなクリームブロンド、そして人に癒しを与える家庭的な雰囲気を持っていた。

それなのに、胸と尻は世のすべての女が羨ましがるような大きさと形で、計算なのだろう、触ってくださいと言わんばかりに突き出し、フリフリ動かしながら歩くのだ。アヒルか！

分かりやすいアピールだというのに、つい目で追ってしまう自分に苛立ったものだ。

性格も、一瞬で距離を詰めてくる馴れ馴れしさ。ケツの青い男子学院生たちが、ハートを撃ち抜かれるのも分かる気がする。要するに、あざといのだ。だが、まさか人間不信の王太子殿下まで骨抜きにされるとは、正直思わなかった。

そして違う意味で俺も騙された。殿下の寵愛を受けて調子づいた、ただの身の程知らずのアホだと思っていたのに、まさか国王の暗殺をたくらむほどの悪人だったなんて……

だがここまでお粗末な計画しか立てられなかったとなると、悪人であり、かつアホなのだろうか。まず刺客がド素人だった。王宮の衛兵ごときに簡単に見つかり、しかもいとも簡単に投降したと聞く。

それだけではない。王室騎兵隊の面々が拷問の準備をして勇んで尋問室に向かったのに、刺客は爪一枚剥がす前にあらいざらいペラペラとしゃべってきた。この娘が股を開いて、国王陛下を殺せば、もっと気持ちいい思いをさせてあ・げ・る、と誘惑してきたのだとか。

いや……やらないだろう、普通。女に誘惑されたくらいで、国王暗殺などという大それた罪を犯そうとするだろうか。俺はすっかり困惑していた。国王を手にかけたら気持ちいい思いどころか、苦痛を伴った処刑となる。

「たかが女のために、そこまでするものか？　未遂だろうと極刑に違いないのに」

尋問の後で俺がその疑問を口にすると、専属騎士仲間のドレとルージュは肩をすくめた。

「性への欲望ってのは、時に人を狂わせる」

「ニーナたん……いや、あの女の手管はすごいよ」

「俺たち王室騎兵隊のエリート騎士たちだけじゃなく、王宮の衛兵にまで差し入れを持ってきていただろ？　隠れファンは多かったぜ」

「今思えば、王宮に入り込むための根回しだったのかなぁ。怖いねぇ」

「妹属性で甘えん坊でちょっぴり我儘なところとか、鼻にかかった声とか、小悪魔っぽくてタイプだったのに」

「萌え〜って気持ち分かる？　お前クソ真面目だから分からないだろうなー」

「スタ——いや、ノワールは母親がヤリマンだったから超女嫌いだしな。童貞だっけ？」

「童貞じゃない！」

最後にだけ強く反論した俺である。

各自お互いを黒（ノワール）だの金（ドレ）だの赤（ルージュ）だの呼んでいるのは、殿下の希望により、髪の色に因んだ騎士名を名乗るように言われているからだ。二つ名で呼ばれるようになると、伝説の騎士みたいでカッコイイから、だそうだが……いい歳して恥ずかしいな！

女嫌いなのは本当のことだが、専属騎士にはハニートラップによる懐柔に備え、定期的に性欲を解消させなければならないといううっとうしい隊則があるため、断じて童貞ではない。それゆえに、女の性的な部分においての魅力は分かっているつもりである。

その点から見れば、ニーナという娘は確かに魅力的だ。おそらく、世の男子たちの理想に近いのではないか。ローレッタ様のような近寄りがたい美女ではなく、気さくで手近な町娘という感じが男心を掴むのだ。正直俺だって可愛いとは思う。

ただ俺は、交際するなら俺だけ愛してくれる女がいい。あちこちにいい顔をするのはもちろん、俺の母親のように惚れっぽい恋愛脳なんかはごめんだ。

ニーナという娘は分け隔てなく愛想を振りまき、その可愛らしい笑顔で男どもに多大な期待をさせる。娼婦が誰にでも媚びるのは立派な仕事だが、普通の娘がそれでは、男どもは絶対に勘違いする。もうビッチという言葉以外は思い当たらない。

彼女が上級者だと思ったのは、貴族間の派閥争いで幼い頃から暗殺の危機にさらされていた人間不信の王太子殿下ですら、篭絡（ろうらく）したことだ。殿下の前ではウブそうに振舞っているが、相当男と遊んでいたのではないか。

なにせ、一般人の男の理性をすっ飛ばし、刺客に仕立て上げるほどの床上手だからな。

「早くしろ、ノワール」

殿下の声に、俺はハッと我に返った。

「その女を辱めろ」

いやいや冗談じゃないぞ。何言ってんだこいつ——じゃない、殿下。俺はイラッとした。いくら忠誠を誓った主君とはいえ、そんな命令まで聞く義理は——

——義理は実はある。

専属騎士契約の際に、どんな命令も聞くという契約書に判を押している。その代わり、あり得ないほどの俸給をもらえるのだ。

「……できません」

婦女子を無理矢理犯すなど、高潔な騎士ができるわけがない。王太子殿下の目が吊り上がる。

「ほう。暗殺者を、何もなかったかのように解放しろと？」

「しかし——」

俺はローレッタ様に目線を移した。彼女だって望んでいないように思える。必死で王太子の胸を叩き、お考え直しください、と訴えているじゃないか。それなのに殿下は、むしろ楽しんでいるように見えた。殿下は、こんな残忍な性格だったか？

「ローレッタ、僕はこの者にこれ以上の慈悲はかけたくない。処刑と辱め、二択ならどちらがいい？」

ローレッタ様が黙り込む。小さく、ヤンデレ化ってこんなのだったっけ？　あのゲームってエロゲだったっけ？　と苦痛に満ちた声で零したが、俺にはなんのことか分からなかった。

「やれ、ノワール。僕が満足するまで、彼女を犯せ」

殿下は再び俺に命じ、牢番の男を呼びつけて革張りの椅子を用意させる。どっかりと腰かけて膝にローレッタ様を乗せ、見物する気満々だ。本気か？　黒い手袋をした手の平がじっとりと湿った。なんだか急に人が変わったかのようだな。そう、ローレッタ様も確かそうだった。

「殿下――」

「専属騎士契約の間、僕の命令は絶対だよな？　国王とガイアス神に宣誓しているはずだ」

鉄格子の中、ニーナがいやいやをするように首を振っている。

「いやよ、クリフォード様どうして――」

「ニーナ、この僕を裏切ったのに、何も罰を受けないというのは虫がいい話ではないか。それとも、一家で四つ裂きがいいのかい？」

ひぃぃっ、とニーナが震え上がった。殿下は顎で俺を促す。

「ノワールよ。お前が欲しがっていたブリトニーをやろう」

俺は息を呑んだ。

「……やります」

鉄格子の扉を開け、くぐって中に入ると、ニーナは警戒して後ずさった。なによ、ブリトニーって誰よ、と喚いている。

柔らかなクリームブロンドの猫っ毛が、恐怖に固まる顔をふんわり覆っている。上着を脱ぎながら近づくと、大きな目がますます見開かれた。怯えた若草色の瞳が加虐心をそそる。確かにこれには、普通の男ならやられそうだな……

不吉な血の色をした俺の瞳は、さぞ彼女を怖がらせているだろう。

「やめてよ」

「すぐ終わる」

こっちだって人前で女を犯すなんてしたくない。命令されて強姦なんて、勃つかどうかも怪しい。だが、契約違反はできない。王族の直属騎士は契約の間、理不尽な命令以外すべて聞かなければならないのだ。死刑の代わりの辱めは、理にはかなっている。あと、ブリトニーは喉から手が出るほど欲しい。

俺は逃げようとした彼女を羽交い絞めにし、足をかけて引き倒した。

「助けて！」

明るい色の瞳が、キュッと委縮した。俺は可哀そうになってしまい、適当に犯っているようにごまかせないかと、牢の外に目をやる。殿下はローレッタ様を抱きしめながら、面白そうにこちらを凝視していた。

俺は舌打ちする。どうやら拗らせたあげくふっきれたこの王太子は、変な趣味に目覚めたらしい。給料はバカみたいにいいがストレスも多い専属騎士の職。次は契約を更新せず退職しよう。

身寄りがなく寂しいのか、祖父から実家に帰ってこないかと打診もしつこい。早く戻って安心させてあげたい。母と俺は、彼から金銭的援助を受けてきた。恩があるのだ。

何より、王族に振り回されるのはもう真っ平だった。

「報いを受けさせてやれ」

顎で急かされ、俺は息をついた。こいつの命令を聞くのは、これが最後。さっさと済ませてしまおう。

仕方なく、怯えるニーナの胸衣(ストマッカー)を、思いきり剥がしていた。コルセットに押し上げられた、大きな二つの塊が現れる。

「――っ」

けっこうパンチがあるな。

俺は愚かな犯罪者の乳房ごときに、股間が熱くなるのを悔しく思った。顔があどけないから、そのアンバランスさがよけいいやらしいのか……。さすが、殿下を篭絡(ろうらく)した淫婦(いんぷ)だ。

殿下は腐っても王太子。幼い頃から厳しい帝王学を身に着けており、忍耐強いところがある。俺もドレやルージュらと共に、殿下とこの女が二人きりにならないよう四六時中見張っていた。イチャイチャまではいいが、本番には至らせてはならないと、必死だった。その甲斐あって、殿下とこの女に体の関係はまだないはずだが、もし妊娠でもしようものなら、管理責任を問われて我々専属騎士の首が飛んでいたところだ。庶子とはいえ、殿下が洗脳された状態では、王位継承権を認めろとごねかねない。

昨今の流行である貴族の恋愛結婚のせいでこの娘は期待してしまったようだが、王族の政略結婚はそんなに簡単なことではないのに……

「自分の魅力と頭の悪さを呪え」

言ってから、これでは半分褒め言葉みたいだな、と俺は思った。背後の殿下を気にして、わざと蔑んでやる。

「お前の実家に、梅毒の薬があったよな？　病気を移されたらかなわ――」

思いきり頬を張られていた。ニーナの大きな若草色の瞳が、真っすぐに俺を貫いていた。俺はそれを見てドキッとなる。

「いいかげんにして、やめてよ」

「極刑よりはいいだろう」

「死んだ方がましよ」

想像していた反応と違う。ビッチならすぐに観念して、大人しく股を開くかと思っていたのに。俺は戸惑った。しかしここでやめれば、せっかくの公爵令嬢の温情が無駄になってしまう。

「ローレッタ様の優しさを甘受するんだな」

殿下の機嫌を損ねれば陛下に話はいかず、このままでは本当に一家で大逆罪だ。

「やだっ」

俺は彼女を押さえつけて無言でコルセットを引き下げ、大きくシュミーズも裂く。ニーナは悲鳴をあげた。暴れるので、露（あら）わになった乳房がふるふる揺れ、俺に妙な気を起こさせる。

「大っ嫌い」

濡れた大きな瞳から涙が溢れ、ポロポロ零れ落ちる。俺の胸が抉れた。これが魔性の女か。くそっ、今さらカマトトぶるな。

「やめさせてください、クリフォード様！」

背後を窺うと、殿下はじっと元恋人の娘を見据えていた。

「クリフォード様、どうしてこんなことをお命じになるのですか！　私のこと、愛してないの？」

情などに訴えても、もう無駄だ。殿下の愛はローレッタ様に移っている。それが分からないのか？

男女の関係など、一方が冷めれば終わりなんだよ。

「平民の分際で名を呼ぶなニーナ。汚らわしい。王太子殿下と呼べ」

侮蔑に満ちた声でそう返した殿下は、一転して愛おしそうにローレッタ様の体をまさぐりだす。

初夜まで待てない、といった雰囲気に呆れた。まあ、いいか。相手はエディンプール公爵令嬢だ。

彼女にならどこで盛ろうと構わない。

その時思った。こちらを注視していない今なら、ごまかせるか？

ニーナを見下ろすと、また殿下に向かって助けを求めようと、口を開くところだった。

「静かにしろっ」

ダメだ、殿下の注意を引くんじゃないっ！

手を伸ばすと、彼女は悲鳴をあげた。俺は舌打ちする。

「黙れ」

「触らないでっ！」

思わず、揺れる乳房を鷲掴みしていた。革の手袋越しにでも分かる、柔らかく、それでいて弾力のあるむっちりした肉の感触が。股間が熱くなる。この女は断じて魅力的などではない、売女だ。

「ひねりつぶすぞ、黙れ」

ニーナが恐怖のあまり、息を止める。

ところが、いつまでも命令を実行しない俺についに気づいたのか、殿下の横柄な声がした。

「騎士の忠誠は偽りか？　無駄に給料だけもらっていたのか？」

厳しい叱責。俺はプライドを傷つけられ、息をついた。騎士など、なるものではないな。

俺は意を決しフリルのたくさん付いたドレスの裾をめくり上げ、指先を噛んで革の手袋を引っこ抜いた。

「今さらしおらしくするな、売女め！」

殿下に聞こえるように、そう吐き捨てる。靴下留めが外れ、むき出しになった太ももに手を這わせると、しっとりした生肌の手触りにゾクッとなる。ニーナは俺を睨みつけた。

その挑むような視線に貫かれ、妙な感情が湧き起こった。この絶望的な状況で、彼女は屈服しようとしない。これがビッチだって？

柔らかい二つの腿の奥に体を入り込ませ、己のモノを取り出して、彼女の下着をずらす。ニーナの体がますます強ばった。

これでは痛いだろうな、濡れていないし……。彼女はビッチ。男など受け入れ慣れているだろうが、それでも俺のイチモツは大きすぎる。

「…………っ」

覚悟を決めたはずなのに、俺はそこでまた躊躇してしまった。すると興ざめしたような殿下の小さな声が聞こえた。

「お前がやらないなら、ドレとルージュを呼ぶか」

俺は一気に青ざめていた。屈強なドレがこの女を後ろから羽交い締めにし、チャラいルージュが彼女のなめらかな脚を大きく開かせ、泣き喚くのも構わず汚い雄を突き立てる。そんな光景が浮かんだからだ。吐き気がした。あいつらは楽しんでやるだろう。何度も、何度も。この娘が壊れるまで。

俺は深い息を吐いた。ニーナが長いまつ毛を揺らして目を開き、問いかけるように俺を見上げてくる。

「耐えろ、これは、鞭打ちと同じようなもの、刑罰だ」

一家で処刑となるのだけは、阻止しなければならない。俺は彼女に覆いかぶさった。

「なるべく痛まないようにするから」

悪女だと分かっているのに、宥めるような優しい口調になっていた。

※　※

淫婦とか売女とか乱暴な言葉で辱めながらも、彼の手つきがやけに優しいことに私は気づいた。

ローレッタ様に愛を囁く殿下の声が聞こえる。まるでその声に合わせるかのように、彼の手が髪や頬を撫でてくることに戸惑った。

「少し慣らす」

小声でそう囁いた彼の表情に蔑みはなく、むしろ真剣で事務的だった。私の体から力が抜ける。

「いい子だ」

そう言ったノワール様の目は思ったより怖くなかった。彼の無骨な手が、スカートの奥に滑り込んでくる。

「ひっ」

脚の奥にある襞(ひだ)をめくられたことにショックを受けた。誰にも触らせたことのない秘密の場所を、嫌いな騎士に素手で触られているのだ。嫌悪しか湧いてこない。

「目をつぶって、相手を俺だと思うな。ただ感じるんだ」

再び低い声で囁かれて、私は目をつぶる。俺だと思うなって、他に誰だと思えばいいの。私を痛めつけるように命じている張本人のクリフォード様？　ノワール様は私の表情を見て察したのか、困ったように助言した。

「自慰だと思え」

自慰もやったことがないのだけど——そう思った次の瞬間、秘部をまさぐっていた指が、何かを摘(つま)んだ。そんな場所があることすら、私は知らなかった。知らなかったのに、ビリッと刺激が走って腰が跳ねていた。

今の……？　戸惑って目を開くとノワール様と目が合う。大きな手の平が私の瞼を撫で、再び閉じさせた。

その時再びクリフォード様の叱責が響いた。

「ノワール、サボっていないか」

「この身の程知らずの平民女め！」

咄嗟に叫んでから、ノワール様は腰を乱暴に動かすふりをする。しかしその手は相変わらず秘部をまさぐり、優しくほぐしてくれているのだ。さらに、胸の先端にも刺激が走った。ソフトに、しかし執拗に転がされ、なんとなく下腹部がソワソワする。

「殿下、こんなところでおやめください！」

突然ローレッタ様の悲鳴が聞こえた。目を開けてそちらに視線をやると、ローレッタ様まで半分剥かれている。なんてことだろう。クリフォード様はこの異様な状況に自分まで盛り上がってしまい、ローレッタ様相手にいやらしいことを――

「少し濡れたかな」

クリフォード様を気にしていた私は、彼が言った言葉に反応できなかった。直後潜り込んできた指に、苦痛の呻きをあげる。ノワール様が怪訝そうな顔をした。

「え……やけにキツい――」

「ノワール、終わったか？　お前の黒の騎士は炸裂したか？」

急かす声が牢に響き、クソッとノワール様が吐き捨てた。彼は小さくすまない、と呟く。次の瞬間私の秘部に、何か灼熱の硬いモノが押し当てられた。押し入ってくるそれはあまりにも尊大でまるで凶器だった。私はたまらず叫び声をあげていた。

※　※

何度目かという引き裂かれるような痛みの後、お腹の辺りに温かい物がブチまかれた。なんだろ、これ。……おしっこ?

「危なく中出しするところだった。きつすぎて」

ノワール様が荒い息と共に呟いたのを、私はまるで夢の中の出来事のように薄い膜を通した遠くに聞いていた。

泣きすぎてビチョビチョの顔のまま、天井をぽっかり見つめている私は、彼が涙を拭いてくれたことにもしばらく気づかなかった。

「これで刑は執行されたから」

そっと囁く黒の騎士。いつものあの蔑みに満ちた、辛辣な口調じゃないのが不思議だった。真紅の瞳には、哀れみと罪悪感のようなものさえ見て取れた。乱暴にされなかったことは、唯一の救いだった。

体温が遠ざかる。ノワール様が私から離れたから、地下の冷気が肌を刺したのだ。

黒の騎士は自分の身支度を整えながら、気まずそうに言う。

「服を裂いてしまった。代わりの服を持ってこさせる」

「裸のまま、放り出せばよいではないか」

クリフォード様の心ない言葉に、私の中で何かが壊れた。彼はローレッタ様を抱き上げて、私に冷たい一瞥をくれてから出口へと向かう。

「ローレッタ、僕の部屋に行こう。ノワールの恍惚とした顔を見ていたら我慢できなくなった」

「恍惚となど、していませんっ！」

心外そうにぴしゃりと否定した黒の騎士と、焦れたようにローレッタ様を運ぶ恋人だった人の背中をぼんやり眺め、私は首を傾げた。別にどうでもいい。恋人以外には見せてはいけないと言われていた裸を晒したままだけど、不思議と体を隠そうという気にならない。羞恥という概念が働かなかった。

強引に暴かれたのだし、今さら羞恥を感じるのも変な話だな、と……。汚された体の価値など、ないように思えたのだ。

腰から下が痛みジンジンしている。でもそんな身体的な痛みもどうでもいい。だって、頭のてっぺんから足のつま先まで、石になっていくようだったから。このまま石像になるのかな、そう思った。

それもいい。冷たい石の床の上に大の字になったまま、私は牢の天井のシミを意味なく眺めていた。

「……死にたい」

ぽろっと呟きが漏れた。牢番を呼び、衣服を持ってくるよう指示していたノワール様が、ハッと息を呑むのが分かった。

私が悪かったのだ。王太子クリフォード殿下の優しさを、自分への愛だと勘違いしてしまった。煌びやかな世界と甘い恋愛ごっこに惑わされ、あり得ない夢を見てしまった私が何もかも悪い……。どうしてクリフォード様は、黒の騎士に私を殺すよう命じてくれなかったのかしら。

そこで悪役令嬢ローレッタ様の顔が浮かんだ。ああ、なるほど。クリフォード様はローレッタ様のご機嫌を取りたいのよね。私を生かすことで寛容さを、嬲って執着がないことを、ローレッタ様に知らしめたかったのね。

ローレッタ様も、平民女に一度王太子妃の道を閉ざされた屈辱がある。慈悲をかけるふりをして、内心はクリフォード様の目論見通り、喜んでいるのかもしれない。簡単に殺してはつまらないものね。

「暗殺未遂を起こしておきながら、これで済んだのだから軽い方だ」

自分に言い訳するかのように吐き捨てたノワール様は、新しい衣服を待つ間、ドレスの残骸で私の体を包もうとしている。見苦しかったのだろう。私は何も考えずに、舌を出し、そのまま思いきり噛み千切ろうとした。

「おいっ！」

ノワール様に顎を掴まれ、固定されてしまった。

「早まるな。せっかくの恩赦だろ、それを拒絶したらあんたの両親もどうなるか分からないぞ」

我に返った。確かに、人が変わったような殿下の残忍な目を見る限り、意に沿わぬことをしたら何をしでかすか分からない。今の彼は完全に自分のことを、恋人に裏切られた悲劇のヒーローだと思い込んでいる。

「お前は自業自得だとしても、娘が愚かなせいで訳も分からず殺される両親が気の毒だ。それに陛下を暗殺しようとした極悪人だろうと、親にとってはガイアス神が授けた宝だ。生きて戻ってやれ。もう二度と変な野心など抱かず、どこかの田舎で静かに暮らすんだ」

そう言いながら彼はくしゃくしゃにめくれ上がったままのスカートを下げようとした。

スカートについた血を見て、ノワール様が、ひゅっと息を呑んだのが分かった。スカートの生地をじっと見つめ、呆然と呟く。

「おまえ、処女だったのか――」

結局、ローレッタ様の願いを受けた殿下の言葉は、国王陛下に聞き入れられた。

陛下にとっては、クリフォード様がローレッタ様と結婚してくれさえすれば、それでよかったのだろう。エディンプール公爵家もだ。二人の子供が次の王となるのだから。

これで、王家の婚姻は落ち着いた。

しかしながら、未遂で終わったとはいえ国王暗殺の罪を犯した私を、法を曲げて生かすわけにもいかず、暗殺事件自体がなかったことにされた。でも私には、最初から王室はことを公にするつもりがなかったようにさえ思えた。

とにかく私たち一家は、不備のある新薬を国王陛下に献上し不興を被(こうむ)ったことにされ、王都から追放されたのである。

辺境での生活と悪夢との再会

あの悪夢から、四年経った。

私は今、国境のあるウィンドカスター北方辺境伯領にいる。それも、領主である辺境伯の屋敷で、使用人として働かせてもらっているのだ。お年を召した領主様の、これまたお年を召した主治医補佐としてである。

薬剤師の免許も王都での開業許可証も奪われ、財産没収の上に王都を追われた私たち一家には、行くところがなかった。とりあえず住むところを確保する目的でこの地を目指したのは、ここが魔獣の棲家である山岳地帯に近いからだった。単純に、危険な土地は物価が安くて、家賃も低く抑えられるのではないかと考えたの。

ところが、旅の途中で私の具合が悪くなり、辺境伯領に入った国道で立ち往生してしまったのだ。そこで偶然、隣の市から戻ってくる辺境伯の一行に遭遇した。運がよかった。両親は疲れきっていたし、私もずっと体調が悪かったため、馬車から出てきた白髪白髭の老人がどれほどコワモテでも、天使に見えたものだ。

コワモテに上乗せして私のトラウマとなる真紅の瞳をしたこの老人は、なんとウィンドカスター北方辺境伯家当主、ハドリー・アダムソン様だった。

お年を召しているのに筋骨隆々。最初は取って食われるんじゃないかと警戒した。だけど、見た目に反してとても親切だったのよ。

身元の不確かな私たちが屋敷に迎え入れられたのは、薬の知識があったからだろうなと思った。資格を剥奪されているとはいえ、地方の薬屋よりは役に立つはずだから。だって、田舎の農村部では、未だに民間療法やまじないなんかで病気や怪我を治す地域もあるらしいからね。でもその考えは、辺境伯の屋敷に行ってから改めさせられた。

お屋敷には、拾ってきたという犬やら猫やらがたくさんいたのだ。聞けば現在雇っている使用人たちも、元は拾ってきた孤児だったとか。二十年以上前の魔獣の襲来時に、親を亡くした子供が多かったのだそうだ。

当時のことを語る執事のヴァーノンさんは、孤児院状態で過密化した屋敷に困り果て、辺境伯に孤児院を増やすよう要請したのだという。拾った子供たちを移したところ、何人かは成長してから恩返しに戻ってきたらしい。それが現在この屋敷で働く使用人たちなんだって……。なるほど。私たち一家も、単に拾われたのね。

ベッドに横になった辺境伯――ハドリー様は、ひとしきり咳き込んだ後、私に言った。

「今日は、あの子と遊んじゃいかんかな？」

私は水薬を渡しながら、チラッと主治医のマクニールさんの方を振り返った。彼は難しい顔で首を振る。

「咳がひどいので、今日はお休みになっていた方がいいですよ」

ハドリー様は愛煙家で、それが祟って肺の病気になってしまったようだ。ここ最近、寝込みがちだった。

マクニールさんの話では、心臓も弱くなってきているとか。もしかすると、一年ももたないかもと。去年までは国境の砦まで赴き、自ら城塞司令官として兵役の者たちを鍛えていたくらいなのに……

私たち一家を受け入れてくれて、しばらく屋敷に置いてくれて、しかも領地内の開業許可までくれた恩人だもの。

マクニールさんの補佐として、最期までお世話させてほしいと思っている。

「また住み込みで働けばよいだろう、一家で。そうすれば、わしはエイベルともっといられる」

「店を持てるようになるまで置いてもらえただけでも、感謝しています」

「ずっといればいいんじゃ。部屋数はたくさんあるんだから」

ハドリー様は無念そうに呟くと、執事のヴァーノンさんを呼んだ。こちらも主（あるじ）である辺境伯に負けず劣らず、お年を召している。

「あいつはまだか」

「手紙によれば、予想以上に揉めたようですからねぇ。取り消しになったのやもしれませぬ」

ヴァーノンさんの言葉に、私は首を傾げた。あいつ？

ハドリー様が身を起こそうとしたので、慌てて背中を支え、枕を重ねてやる。

「ニーナたん」

たん……。この呼び方は最期の時を迎えるまで直らないのだろうか。

「わしの頼みを聞いてくれないか」

「ハドリー様、水臭いです。なんなりとお申し付けください」

この方のおかげで、私たち一家四人は生きてこられた。彼が望むなら、内臓の一つや二つあげたっていい。そう思えるほど感謝している。

「もう二十年以上前になるか。魔獣大発生の折、わしの息子らは砦を守るために戦って、命を落とした」

王都でニュースになった、北の砦陥落一歩前までいった危機のことだろう。まだ小さかった私は覚えていないけれど、大型の魔獣が砦を越えて押し寄せたとか。

「長男のフィリップは結婚していてな、子供が一人いたんじゃ」

「ハドリー様にお孫さんがいらっしゃる、ということですか？　男の子？」

私はほっとした。ハドリー様には身寄りがないと思っていたからだ。もしそうなら、この北方辺境伯領を治める家は断絶し、国に返領しなければならなくなる。そうなれば、私たちの開業許可証が取り消されてもおかしくない。

しかし領地を引き継ぐ者がいるなら、私たちが引き続きこの街で働けるよう、ハドリー様から口添えしてもらえるだろう。

「ああ、男だ。フィリップの嫁のメアリーが田舎を嫌っていてな。フィリップが死んだ後、すぐに孫を連れて、この領地を出ていってしまったんだ」

「まぁ……」

たった一人の後継者なのに、どういうつもりなのかしら。

「華やかな王都に憧れていたのもあるが、元々寂しかったんだろうな、メアリーは。あの頃、魔獣の動きが活性化していて、城塞司令官を務めていたフィリップは、砦に詰めっきりだったからな」

仕事なら仕方ない気もするけれどな。領地を守っていたわけだし。

「ほったらかしなら家出しちゃうからね！　が口癖で、フィリップとはしょっちゅう喧嘩になっていた。いつも一緒にいてくれる夫が欲しいと、愚痴を零しておったからのう」

ハドリー様は、深い息をつく。

「フィリップが死んだ後、すぐに再婚したくなったんじゃろう。突然出ていくと言い出してな。わしは王都にいる妹に連絡を取り、メアリーと孫を置いてもらえるよう頼んだ。フィリップの嫁は生活力もなければ計画性もない。大事な跡取りまで野垂れ死んだら困るからのう」

ハドリー様は疲れたのか、枕に深くもたれ込んだ。

「その後、離婚再婚を繰り返し、結局メアリーは酒におぼれて死んでしまったそうだ」

目を閉じるハドリー様を見て、私は心配になった。具合が悪そうだ。

「ハドリー様、少しお休みになりますか？」

「いや――本題はここからだ」

ハドリー様は瞼を持ち上げて私を凝視した。さすがに北の鬼神と言われていただけあって、眼光鋭いぞ。怖いわね！

「一生のお願いだニーナたん。わしの孫と結婚してくれないか」

「ふぁっ⁉」

眼光が鋭かったわりに、意表を突いたお願いだった！

ちょ……一体何をおっしゃっているの⁉　流れ者の平民が、どうして領主様のお孫さんと結婚？

私は困り果てて、執事のヴァーノンさんや医師のマクニールさんを振り返る。ハドリー様、脳に病が回ったのかもしれないわ。でも二人ともハドリー様を止める気はなさそう。私は眉を顰（ひそ）めた。何を考えているのかしら⁉

「辺境伯のお孫さんなら、結婚相手は引く手あまたでしょう？　貴族の令嬢とか」

「何年も、ここに戻ってくるよう言っていたのだが、あいつ、ついに領地を継ぐこと自体を断りよった」

私は首を傾げた。お母さまに似て、田舎が嫌いとか？　確かに王都は発展していて賑やかだし、魔獣に襲われる心配もない。なによりも、ここよりずっと気候が穏やかだ。だけど辺境伯って国境を護る要じゃないの。

「理由をしたためたあやつからの手紙は、わしでも納得できるものではあった。しかしながら、わしはあることを閃いたんじゃ。それで、強引に孫をここに呼び寄せた」

ハドリー様はしたり顔で私におっしゃった。

「ニーナたんが、わしの孫と結婚してくれれば、万事解決なんじゃ」

それから三日ほど経ったある日、辺境伯の城に呼ばれた。

「応接室に行って。大事な話があるらしいの」

家政婦長のイブリンさんに言われ、私は顔をしかめた。丁重にお断りしたのに。孫と結婚しろっていう、あのとんでもない話かしら。

応接室の扉をノックすると、中から低い声がした。ハドリー様の声じゃない？

一瞬戸惑ったけど、入らないわけにはいかない。

「失礼しま――」

私は扉を開いたまま、石像のように固まっていた。悪夢を見ているのだと思った。

そこにいたのは、どう見ても黒の騎士だったからだ。

見間違いようがない。カラスの濡れ羽色の黒髪に、ルビーを溶かしたような真紅の瞳、長身から人を見下すように冷たい視線を落としてくるのも、あの頃と変わらない。彼の方も、その目をカッと見開いてこちらを見たまま固まっている。やがて、低い声が聞こえた。

「どういうことだ？　なぜこの女が……」

いや、こっちが聞きたいわよ！　と、言いかけた時、背後から何かがドンッと私を応接室の中に突き飛ばした。

つんのめりながら振り返ると、立てば大人の男性くらいの背丈になる、いかつい顔の狩猟犬タローがのそのそ入ってくる。その後から、執事のヴァーノンさんに車椅子を押させ、ハドリー様が続いた。

「おお、スタン。大きくなったのう」

ノワール様はハドリー様を見て息を呑み、さっとその場に膝を突いた。

「ご無沙汰しておりました、お爺様。これまでの恩をお返しすべく、帰省いたしました」

お、お爺様⁉

ハドリー様がにこやかに紹介する。

「ニーナたん、これが孫のスタンリーだ」

たん……、とノワール様が呟いたが、私はそれどころではなかった。バカげてる。こんな偶然あるわけがない。混乱し、二の句が継げないでいる私の目の前で、二人は会話を進める。

「待ちくたびれたぞい、スタン」

「王太子殿下との専属騎士契約の解消がなかなか認められず、遅くなってしまいました」

それを聞いた途端、あの日のことが蘇り、ザクリと胸を抉った。もう、クリフォード様のことは忘れたはず。心の傷は辺境伯の優しさのおかげで癒えたと思っていたのに……。突然目の前に現れたこの男のせいで、また思い出しちゃったじゃない！

「しかしながら、手紙にもしたためました通り――」

ノワール様は少し苦しそうに付け足した。

「俺の代で、アダムソン家によるウィンドカスター辺境伯領の統治は終わりになるでしょう。それを御承知いただけなければ、俺は次の辺境伯になることはできません」

ハドリー様は愛おしそうに孫を見て、白いフサフサの眉毛を下げた。

「なあに、大丈夫だよ」

私を手招きして近くに呼び寄せるハドリー様だ。私はぼんやりした頭のまま、言われるがままフラフラとハドリー様の隣に行った。

「スタン。お前は、この使用人のニーナたんと結婚しなさい」

顔を伏せていたノワール様が、パッと顔を上げた。ハドリー様と私をまじまじと凝視する。

「はぁっ!?」

私はやっと我に返った。ノワール様の警戒心に満ちた眼差しを受けたからだ。当然の反応だろう。

ハドリー様は、私と黒の騎士の間に起こったことを知らない。私は深く息をつきながら、もう一度ハドリー様に申し上げた。

「ハドリー様、そのお話はお断りしたはずです」

「ニーナたん、ひどいじゃないか。どんな頼みごとも聞いてくれるって言ったじゃないか!」

「ですが、契約結婚だなんてあまりにも——」

ノワール様の真紅の瞳は、胡散臭げに私たちを見守っている。

……ああ、嫌だ。この目は、私がクリフォード様と付き合っている時と同じだ。詐欺師を見るような、嫌悪感と猜疑心丸出しの目。

私だって四年も前とはいえ、あんなことをされたのだ。彼に対する恐怖心は消えておらず、先程から手の震えが止まらない。怒ったような鋭く赤い瞳は、ハドリー様のそれと明らかに違う。優しさの欠片もない、血の色。もしかすると、私がハドリー様に妙な薬でも盛って洗脳していると思われているのかしら？

「お爺様」

ノワール様が、北の砦の向こうにある雪山の万年雪もかくやというほどの冷たい声で言った。

「少し、その娘と二人きりにしていただけませんか」

私はビクッとして、車椅子とタローの後ろに下がる。

「できませんっ！」

悲鳴のような声になってしまった。だって、彼と二人きりになんてなれない。もし、また何かされたら――

ノワール様は私の恐怖に竦んだ目の色に気づいたのか、一瞬怯んだ。それからきまり悪げに鼻の頭をかき、そりゃそうか、と呟いてから目を丸くしているハドリー様たちに提案する。

「少しだけ、彼女と中庭で話したい。お爺様たちは、我々を少し離れたところから見ていていただけませんか」

驚いた……。どうやら彼、二人だけにならないよう配慮したのだ。ノワール様は今度は私に向かって声をかけた。

「いいねニーナ。君と話したいことがある」

淡々と温かみのない声は相変わらずで、しかも有無を言わさない迫力があった。怖かったけど、渋々頷くしかなかった。

開け放った掃き出し窓から、私とノワール様だけ庭に出た。ハドリー様とヴァーノンさん、そしてタローが部屋の中から見ている。怪訝そうだが、それは私も同じだった。

はっきりと、彼らに言ってやればいい。私が何者かを。国王暗殺の濡れ衣を着せられ、弑逆罪で処刑になる代わりに、あなたに犯された娘だと言えばいいんだわ！　私はまたこの領地を追い出されて終わり。それでいいじゃない。

ま、その代わりあなたの印象も悪くなるけどね！

庭園には、春から夏にかけてのみ楽しめるリラの花が咲き乱れている。私たちは、お互いに少し離れて歩いた。

どこからか、セントバーナードのポチが出てきて、黒の騎士様の匂いをくんくん嗅いでいる。やけにデカい犬が多いなと呟いた後、彼はようやく私に話しかけてきた。

「君に、謝罪したい」

屋敷の者たちの目が届く距離で立ち止まってから、ノワール様はきっぱりそう言ったのだ。私はあんぐりと口を開けた。黒の騎士が謝った⁉

私が目を丸くしていると、ノワール様はボソボソとおっしゃった。

「俺はあの後、暗殺事件はすべて国王陛下の仕組んだ罠だったと知った。ブリトニーを譲り受けに行った時に、見てしまったんだ。ブリトニーの世話係全員が、国王暗殺未遂で処刑されたはずの囚人だった」

だからブリトニーって誰よ！

「締め上げたら、あらいざらい吐いたよ。元々王族専用の馬房で働く使用人で、陛下から雇われただけだと」

冤罪を擦りつけたのが誰かとっくに察していた私は、曖昧な微笑を浮かべただけだった。今さらだわ。

ノワール様は唇を噛み締め、俯いた。

「俺はその一員として、君を弑逆者に仕立て上げ、さらには――命じられるがままに辱めた」

その悄然とした様子に確信した。彼はあの時、本当に何も知らなかったのね……。少し驚いた。

王室騎兵隊は王族のためにある騎士集団だもの。命じられれば、冤罪だと知っていたとしてもやはり同じことをしただろう。国王陛下にはどうやっても逆らえないからだ。どちらにしろ……

「もう済んだことです」

リラの花を見つめたまま、私は静かにそう告げた。思い出したくない。もうその話はやめましょう。私の前から消えてほしい。あの忌まわしい記憶と共に。そんな私の耳に、黒の騎士ノワール様の声が無遠慮に届く。

「俺の財産の範囲内だが、しかるべき額の賠償をする」

「貴方がしたことの償いに、貴方のお爺様が私を救ってくれたことで帳消しです」

私はリラの花ではなく地面を見ながら、自分に言い聞かせるつもりで返した。

「それに、一家全員処刑を命じられていたかもしれないもの。あれで済んでよかったのだわ」

「だが君は……その……処女だった」

私の顔がカッと熱くなる。もう忘れたいんだってば！

「とにかくもうどうしようもないのです。私たちは関わらずに生きていきましょう」

「ではもう、祖父に取り入るのはやめてくれないか」

意表を突いた言葉に私は目を剥いた。思わず見たくもない彼の顔を見上げてしまったのだ。

「は……はぁ？」

取り入るですって⁉　私が⁉　何を言っているのかしら。謝罪したいと言った傍から侮辱しているじゃない！

「私はただ、恩を返したくて――」

「陛下を毒殺しようとしたことに関しては、君は陰謀の被害者だったと思う。だが、王太子妃になろうとしていたのは事実だろう」

王太子妃になろうとしていたって……

「王族が処女性を重んじることを知っていて、殿下との結婚に備え武器として貞操を守っていたんだ。いや、殿下とのデキ婚を狙っていたのかな。でなければ、あれだけいろんな男にベタベタする君のことだ、貞操などとっくに失っていたはず。薬剤師の君なら、避妊薬を飲んでいないはずはないしな」

謝罪したところで、結局彼の私への印象は昔と同じ。計算高いビッチなのだ。

「今度は俺の――領主となるかもしれない辺境伯の孫の――嫁の座を狙って、祖父を唆したんじゃないのか？　または、ここが俺の故郷だと知っていて復讐に来たとか」

　私は怒りのあまり、怖いのも忘れてノワール様に近づき、彼に思いきり平手打ちしていた。身長が高いので背伸びしなければならなかったけど。

「痛いな」

　手首を掴まれ見下ろされた瞬間、牢でのことを思い出し、体が強ばった。あ……私、なんてことをしたのだろう。辺境伯になる人を叩いてしまった。何かされるかもしれない。この人は怖い人だもの。

　ウロウロしていたポチが、私たちを不思議そうに見上げている。その犬にすら、私は助けを求めたくなった。

　ところが青ざめブルブル震える私を見て、ノワール様はパッと手首を放したではないか。

「すまない」

　謝られて、私はやっと呼吸ができるようになった。その時だ。

　ガシャンと音がして、私とノワール様が同時に屋敷の方を振り返った。部屋の中で、ハドリー様が車椅子から崩れ落ちたところだった。私は悲鳴をあげて、恩人である辺境伯のもとに走った。

「ちゃんとベッドに横になっていないから！」

　音を聞きつけた使用人らも駆けつける。彼らと数人がかりで抱え上げようとした時、力強い腕がハドリー様をひょいと担ぎ上げた。

「重っ」

咄嗟に呟いたのはノワール様だ。ハドリー様は老人にしてはものすごく大きい。でも彼は、言葉に反して軽々と支えている。

そのままぐったりしているハドリー様を車椅子に戻し、辺境伯の寝室は今はどこに？　と私に聞いてきた。案内する私の後に続き、車椅子を押して運んでくれる。

「医者は？」

「私でございます」

年配すぎる主治医のマクニールさんを見て、一瞬怯んだ黒の騎士様だ。

「診てやってくれ」

三匹の猫が占領していたベッドにこれまた軽々とハドリー様を移し、掛布をかける。猫たちが場所を取られてニャーニャー怒っていた。

ベッドから離れようとした瞬間、ノワール様は突然ガッと腕を掴まれビクッとなった。

「待ちなさい」

あ……ハドリー様、意識あったんだ。

「スタンリー、わしの最後の願いだ。ニーナと結婚してくれ」

私はその弱々しい声に、胸が詰まってしまった。

相手が黒の騎士じゃなければ、結婚しますと言っていたかもしれない。それくらい、ひび割れた生気の感じられない声だった。涙が零れ落ちる。

ごめんなさい、この人と結婚なんてできない。それに、たとえ私が我慢して承諾しても、彼が拒否するもの。

無理よ。成立しないのよ。ごめんね、ハドリー様。一家を救ってもらったのに、何もできないなんて……

「お爺様、申し訳ありませんがそれは——」

ノワール様も渋い顔で拒否しようとする。私たちには、因縁があるのだ。

ところが、最期の力を振り絞るかのようにカッと見開いた目で、ハドリー様が孫を睨みつけた。

「命令だ。インポテンツなのは知っているが、だからこそ、この娘と結婚するのだ」

い……いんぽてんつ？

振り仰ぐと、スカしたキザな顔が、みるみる赤く染まっていくではないか。

微妙な空気になったその時、廊下からハドリー様の名を叫ぶ声がした。乱暴にバンッと扉が開け放たれる。

「エイベル、勝手に入ったらだめよ」

後ろから追いかけてきた家政婦長のイブリンさんに、首根っこを掴まれ止められた幼児は、ハドリー様の方に行こうと必死に身をよじっている。

「こら、暴れないっ。ハドリー様は具合が悪いのよ！」

イブリンさんが叱咤するも、当の本人は、ムクッと起き上がったではないか。

「おおっ、エイベル来たのか！」

あれ……今にも召されそうだったのに、元気だぞ？

「じーじはほら、この通り！　大丈夫だぞ、ちょっと横になったら治った！　さ、じーじと遊ぼうな、エイベル」

ノワール様は訝しげに、自分の祖父と幼児が戯れているのを眺めている。

「おじーじ、おひげ、遊ぶーの」

そうキャッキャ笑いながらエイベルは、辺境伯の白い髭をひっ掴み、ブチブチッという音と共に引っこ抜く。

「こら！」

私は思わずエイベルに駆け寄って抱き寄せた。

「だめでしょ、そんなことしたら死んじゃうから！」

困惑して立ち尽くしているノワール様に、ハドリー様は満足そうな笑顔で告げた。

「このニーナたんはな、シングルマザーなんだ。だからお前と籍を入れたら、もれなく後継者がついてくる」


エイベルは私の子だ。

旅をしている時に具合が悪くなったのは、彼を授かっていたから。ウィンドカスター北方辺境伯領に入り、その領主様に偶然拾われた後、やっと妊娠に気づいた。

両親には、相手が子供の存在を知らないことだけを、伝えてある。未婚で妊娠したことを知った両親は、私を被害者だと思ったようだ。

「お前の男遊びがひどいなんていう都での噂は、我々は信じていなかったよ。お前は子供の頃から誰彼構わず抱きついていくような人懐っこい性格だった。軽い娘だと勘違いされて、捨てられたんじゃないのか？」

「警戒心が足りないのよ。騙されたんでしょ？　まさか妻子持ちじゃないわよね？　真面目に付き合っていた人なら、もっと怒っていいのよ。相手の家に怒鳴り込んでやるわ！」

私の身の上に起こった悲劇を、両親は何も知らない。確かに、被害者は被害者だけど、私の愚かさが招いたことなのよね。

私のせいで、関係ない両親をこんな境遇に陥らせてしまった。そのことを、きっと私は永遠に心苦しく思うのだろう。曖昧に笑って話を濁す私に、両親は堕胎したらどうかと提案してきた。薬剤師だけに、母体に負荷をかけない堕胎薬も調合できる。だけど私は、それを押しきって、辺境伯の屋敷で出産したのだ。

あの時ノワール様は中には出さなかった。それでも、できる時はできるらしい。

あの早漏野郎もひどいけど、避妊薬を飲んでいなかった自分も悪い。クリフォード様との子だったら、うっかりできてもよかったと思っていたのだ。ただ、当のクリフォード様はなんだかんだ言って、決して私に手を出そうとしなかった。やはり結婚など最初から考えていなかったのではないか。

一度は別れを切り出した私に縋(すが)りついたのは、それでも私を愛していたからだと思いたい自分が、まだいる。

ふふふ、本当にバカね。もう忘れよう、そう思っても、時折思い出してはあの時の気持ちを否定したくない自分と戦い、結局はその浅はかさに身悶えてしまう。若さゆえに、恋に狂った。あちらも同じだったのかもしれない。

両親が堕胎を勧めたのは、私の将来を考えてだ。まだ若いのにコブ付きでは、結婚相手が見つからないのでは、と懸念したのだろう。

私はもう結婚どころか、恋人も作らない。作れない。クリフォード様に捨てられ、罰せられたあの経験のせいで、異性を信じられなくなってしまった。どんなに愛し合ったって、簡単に心変わりするのだから。

結婚はもうしない。そう決めた時、そこで思考がフリーズしたのだ。

では――子供は永遠に、持てないってことじゃない。

私は子供が好き。フワフワした愛らしい生き物を……自分の血を分けた赤ちゃんを、私は一生抱くことができなくなる。あいつらのせいで？

そこに考えが及んだ時、即座に産むことを決めていた。好きでもない男の子供を。

そうして生まれた子には、エイベルと名付けた。真っ黒な髪と真紅の瞳の赤ちゃんだった。はじめはぞっとした。黒の騎士と同じ色素。右の目の下にある、小さな泣きボクロまで同じ位置だったからだ。

見るたびに、あの男のことを思い出すのだろうかと、不安になった。私はこの子を、虐待してしまわないのだろうかと……。でも育てていくうちに、夢中になっていた。誰よりも何よりも愛おしくなっていた。

成長して、さらにあの男に顔かたちが似てきても大丈夫だった。中身は別物だもの。むしろ——端正な顔はエイベルにとっての財産となるとさえ思った。

黒の騎士様を恨んでいないとはいえない。元から私は嫌われていたようだし、だから私も嫌いだった。

ただ、私には冷たかったけど、客観的に見るとかっこいい人なのかな、と思う。隠れファンもたくさんいたし。

生真面目で職務に忠実な人だった。他の専属騎士様たちは、見えないところで適当にサボっていたのに、黒の騎士様はクリフォード様に誠実に接し、主を守るために全力だった。

だから、警戒して私にきつく当たっていたことも分かるし、結果的に彼の忠実さが、本来処刑されるところだった私と両親の命を救ったのも、理解できた。

さらに結果だけ見ると、このエイベルに会わせてくれたのはノワール様なのだ。もしかすると、ガイアス神がエイベルという宝物に会わせるために課した、試練なのではないか、そうとすら思えた。

そう考えたら、エイベルの父親を憎み続けることなど、もうできなかった。

憎しみに闇堕ちしなくて済んだのは、エイベルのおかげね。憎むべき男にすごくよく似ていたのに、あまりにも愛らしいこの我が子のおかげ……

ノワール様はエイベルの瞳の色に気づき、フリーズした。それはそうだろう、気づかない方がおかしいくらい、ソックリなんだから。

「……何歳だ？」

囁きとさえいえるほどの小さな声で聞かれ、私は渋々答えた。

「三歳よ」

沈黙するノワール様。血流がうまく脳を巡らないみたいね。無表情で固まっているのは、ちょっと笑える。

「……俺、あの時……外に出したよな？」

「避妊していなければ、そういう危険はあるんですよ」

小声で返す。サーッと、彼の顔から血の気が引く音が聞こえるようだった。

「そんな……」

私はショックを受けている彼に、コソコソ言った。

「責任取れなんて言いませんからね。むしろ私たちは結婚はできないと、ハドリー様を説得してくださ――」

「結婚してください」

「ふぁっ!?」

突然跪いてプロポーズしてきたノワール様。その体勢のまま、ハドリー様やマクニールさんらを見渡した。

「ぜひ、結婚の話を進めさせてほしい」

突然乗り気になった孫に、唖然となるハドリー様。

「お爺様、そしてみんな、聞いてくれ。その子は正真正銘俺の子だ」

その場にいたマクニールさん、ヴァーノンさん、エイベルを追いかけてきたイブリンさんまで、エイベルとノワール様を交互に見比べ、目を丸くする。

「確かに、よく見れば瓜二つだ」

黒い髪も珍しい方だが、赤い瞳はこの国では極めて稀だった。ハドリー様が執着するのも分かるくらい。

そのハドリー様が、困惑して孫に言う。

「だが、お前はイン――」

そこで厳格な家政婦長のイブリンさんを気にして、咳払いする。

「その……股間の事情が……アレなんだろ？」

ノワール様はそれを受けて頷くと、あろうことかペラペラ喋り出したではないか。

「実は彼女がそうなった原因でして、俺が過去に彼女を強か――」

「わあああわあああああ‼」

私は跪いているノワール様の顔に飛びついて、口を手で塞いでいた。

バカなのこの人、赤裸々すぎるでしょ⁉

そんなショックなことをハドリー様に聞かせたら、心臓が止まってしまいかねない！

ていうか、それを言ったらいろいろ拗れるわよ！　ノワール様がどう思われるかは置いておいて、私まで腫れ物を扱うように接せられるのよ!?

私は必死で彼の後を引き継いだ。

「むかしぃ～付き合っていたんですけどぉ、大喧嘩しちゃってぇ～私の方から振ってやったんですぅ。妊娠していたことに気づいた時は～王都を出ていたので～彼は知らなかったんでぇ～す！まさか振られたショックで彼がインポ――あ～、アレな感じになっちゃっていたなんて～」

今どきの若者っぽく、軽い口調で言ってみた。はずみでデキちゃった！

「ふごっふごっ」

私にヘッドロックされ、口を塞がれて窒息しそうになっている孫に、ハドリー様は厳しい目を向けた。

「大喧嘩じゃとう？　浮気でもしたか？」

生真面目な黒の騎士様が浮気するという想像がつかず、私は思わず否定していた。

「いえ、私の作ったケーキを不味いとおっしゃったので、顔面にケーキを叩きつけてから、彼のもとを去ったのです」

ヴァーノンさんが、何じゃそりゃくだらぬ、とうっかり零す。ハドリー様も、呆れたように白い眉毛を上げた。

「そりゃあな、世は自由恋愛の時代じゃ。喧嘩別れすることもあるだろう。しかし婚前交渉するなら、どちらもしっかり避妊はするべきだろう」

そしてエイベルを抱きしめた。

「わしがこの子のママを拾わなきゃ、母体ごと野垂れ死にだったのか。おそろしや！」

「おじーちゃ、モフモフいやあですよー」

エイベルは白髭にスリスリされ、中に埋もれてバタバタしている。

「そうか、そうか、他人のような気はしなかったんじゃ。本当に、血の繋がったひ孫だったんじゃな」

ハラハラ涙を流すハドリー様に、私は胸を打たれた。この方は、ノワール様に去られて寂しかったのだわ。

「ふごっふご！」

顔が赤紫になってきたので、仕方なくノワール様の口から手を放した。ハァハァ言いながら立ち上がった彼に、ハドリー様は言った。

「それで頬を引っ叩かれていたわけだな」

「ええ？　あ、いや――」

「些細な喧嘩なら、仲直りしてはくれまいか。インポテゲホッゴホッになるくらいだ、スタンリー、お前には未練があったんじゃないか？」

押し黙る黒の騎士。ハドリー様は私に視線を移した。

「ニーナたんは前に、もう恋も結婚もする気はないと言っておったな。また愛し合えとは言わん。だが、二人の愛の結晶がいるんじゃ。スタンリーの求婚を受け入れ、籍だけ入れてはくれまいか」

泣き濡れた顔で懇願されたら、私にはもう断れなかった。

まあ、籍を入れるだけなら……

こうして私は、愛のない結婚を承諾することにした。も、もちろん数日かけて、じっくり考えましたよ？　ものすごく迷ったわよ？

だって、相手は黒の騎士ノワール。明らかに私をビッチだと決めつけてる嫌な男。生真面目だから責任を取りたがるのはよく分かる。謝罪もしてもらったけど……私が彼にとって嫌な女なのは変わらない。愛のない結婚は別に構わない。まあこれは相手が黒の騎士ノワール様であることは関係ないのだけど、どうせ男女の愛なんて一過性のものだって身をもって知ったから。

むしろ、愛のない結婚の方が、今の私には抵抗がないの。一昔前は、平民すら親が結婚相手を決めていたわけだしね。違うのは、私たちの間に嫌悪や罪悪感といった負の感情が既にあることだ。これは嫌だわ。

――でも……よく考えてみたの。籍を入れるだけなら、いいじゃない？　ってね。

ウィンドカスター辺境伯には恩がある。ハドリー様の願いを叶えたい。それだけじゃない。損得を考えれば、エイベルのためになる。だって追放された罪人――冤罪だろうと国王がそう決めたのだから罪人のままだ――の息子が、将来領主になれるのよ？

ひどい目に遭わされたのだから、ノワール様のことを最大限利用していいと思うの。

不謹慎だけどハドリー様が亡くなったら、エイベルを残して私は離婚したっていいわけよ。エイベルが領主になっても、私が母であることは変わりないんだし。今だけ我慢すれば……。そうよ、どうせ黒の騎士からは計算高いと思われてるんだもん、何がいけないの？

路地裏にある小さな店舗で、私はまだ結婚のことを自分の両親に言い出せずにいた。

ハドリー様からは、今日中に屋敷に居を移すよう言われている。私とエイベルが市街地の店舗兼住まいから、なかなか越してこないのに痺れを切らしたのだ。

だってさー、ノワール様がいるんだもん……。顔を合わせたくない。私はハドリー様の薬剤師みたいなものだから、行かないわけにはいかないのだけど。

店舗にある薬を精製するための機材——秤(はかり)や石臼、圧搾機、蒸留装置等はすべて、ハドリー様が揃えてくれた新品だ。昔とはほど遠いが、ハドリー様の援助のおかげでなんとか生活の基盤を築けた。

それでもエイベルにとっては、店を継ぐよりは領主になる方が絶対幸せに違いないと思うの。

「ごめんね、びっくりさせて」

やっと覚悟ができて、結婚の報告をかいつまんでいると、両親二人は顔を見合わせた。

「まさか、あなたの元カレが——エイベルの父親が王太子殿下の元専属騎士様で、しかも辺境伯のお孫さんとはね」

母は深く長い息をついた。父も合点がいったように頷く。

「おそらくお前は、ヘマして追放される我々と彼が関わっていたら、職務的に彼にも悪影響があると思ったんだろう？」

エイベルの髪を撫でてしみじみ呟く父。

「だからお前は、泣く泣く別れを選んだんじゃないかと、父さんは思うんだ」

「身を引いたのね……。それにしても、騎士様だなんて。なんだか恐れ多いわね」

胸にチクッと罪悪感が走る。本当は、王太子殿下が元カレだけど、一生言えないだろう。父も母も腰を抜かしそうだ。

「恐れ多い、よね。だから、ハドリー様がその……天に召されたら、離婚しようと思うの」

「え？」

二人は眉を顰める。

「エイベルには領地を受け継ぐ権利があるけど、私はもう関わりたくない」

「そうか……」

父母は納得したようだった。辺境伯に助けられたことはありがたいが、権力者にあっさり王都を追放されたことは身に染みている。自分たちは流れ者の平民にすぎないのだ。

「ご領主様の病状は芳しくないの？」

エイベルにペロッチョ喉飴を渡しながら、母が聞いてきた。

「咳は、ずっと投薬していたおかげでだいぶよくなってきたわ。でも、なんていうか……波が激しいの。急に死にそうになったり、突然元気になったり。でもハドリー様のお屋敷にまた住み込みでお世話になることになったから、夜も付き添えるわ」

今度は住み込みっていうのとは、ちょっと違うか……

両親は寂しげにエイベルを抱きしめた。

「夫婦になるのに、通いなのはおかしいからな」

世間体もあるし、まだ小さいのにエイベルだけあっちに住まわせるわけにはいかないもの。私のエイベルなんだから！

母が私をよく見ようとするかのように、目を細めた。

「すぐそこだけど、なんだか寂しいわね」

親の気持ちが分かるからこそ、私も寂しくなってしまった。店に充満する生薬の匂いを吸い込み、私は明るく笑ってみせる。

「ハドリー様の薬の材料を取りに、毎日だって通うわ」

しみじみとそんな話をしていると、狭い店先に馬車が停まった。引越しの荷物などほとんどないのに、屋敷の従僕のイーライさんが迎えに来たのだ。私は驚いて外に出た。

「すみませんイーライさん、お迎えはありがたいけど、私物はあんまり持っていかないのよ」

「奥様、イーライと呼び捨てにしてくださいよ」

奥様！　彼を含めた男性の使用人らとだって、かしこまらずに話していた仲なのに。

「やだ……。私、しがない薬屋なのよ？　今まで通りでいいでしょ？　それにエイベルだって歩けるような距離に、わざわざお迎えだなんて変よ」

イーライさんは困っている。

「一応、警護を兼ねてるんだよね。もうニーナちゃんは若奥様だよ」

エイベルは馬が大好きだから喜んでいる。私は仕方なく手荷物をまとめた。

「では、お言葉に甘えて」

カモミールにゲンチアナの根、アニス、キナ皮（ひ）などの薬草の瓶をカバンに入れた。さらには吐酒（としゅ）石（せき）や辰砂（しんしゃ）などの鉱物が置かれた棚から、数種類の薬を選ぶ。

「精製済みの化学薬は私が運びますから、触らないでくださいね」

あ、この瓶、振動で爆発しないかしら、と小さく呟くとイーライさんは震え上がった。

私はこの時、気軽に考えていたのだ。すっかり、籍を入れて終わりなのだろうと思っていたからだ。

ところが荷物を持って屋敷に行くと、ホールには見慣れない者たちが数名いた。聞けば、花嫁衣裳の採寸に来た、仕立て屋たちだというではないか。

なんだか日に日に元気になっているハドリー様が、戻った私とエイベルを見て破顔する。

「やっと本人が来たな。採寸する部屋を用意した。行きなさい」

「いやいや、いいですよ！　今さら結婚式だなんて」

「何を言う。ウィンドカスター北方辺境伯領は、建国時の要となった一番古い領地じゃぞ。堅牢な砦あってこそ、我が国は中央集権化に成功したんじゃ。ニーナたん、その後継者の結婚なのだぞ？　各地から貴族を招いて盛大に祝わねばならん。こんな田舎だが、王族の一人や二人を招待してだな――」

「ひぃぃぃ」

王族と聞いた瞬間、全身が強ばった。

「お爺様」

その時、軍服姿の長身の男がやってきた。たまに街でも見かける領地軍の制服を着たノワール様だ。

「既製品でピッタリの物がありました」

ハドリー様が頷く。

「そうか。チャラチャラした騎士服より、よく似合っておるぞ」

私はノワール様を見て、思わず感嘆の息をついた。凛々しい。悔しいけど、やはり見た目は完璧だ。エイベルもこうなると思うと、少し嬉しいな。中身は似ないでよね！

私は遠慮がちにハドリー様に食い下がった。

「ハドリー様、でも私、人前に出るのは苦手で――」

「ちゃんと祝いたいのだ。孫の要塞司令官就任の式も兼ねているのだよ。爵位もそろそろ譲ろうと思っておるしな」

代替わりか……。この国の領主は、爵位を子に継承するタイミングはそれぞれの当主に任されている。

当主が健在であっても、隠居したくなれば息子に替われるのだ。本当ならノワール様のお父上がなるはずだったわけだけど、いきなり孫のノワール様か……。一番若い辺境伯になるんじゃないかしら。まあ本来司令官として砦にも行き来しなきゃならないのだから、若いにこしたことはないのよね。

「息子を三人失ったわしの代わりに、いま北の砦は元傭兵の副司令官が仕切っとるが――」

目を細め、頼もしそうにノワール様を見て言った。

「お前なら真冬も通えそうじゃな。馬橇（ばそり）で」

城のあるアボック市から砦までは、今の時期なら馬車だと二日ほど。冬になると山道が雪に埋もれるので、橇（そり）でしか行けない。辺境伯領に移ってから初めて冬を迎えた時、拾ってもらえなければ危うく凍死するところだったのだとすぐ気づいた。お金も資格もない、着の身着のまま来るなんて無謀だと思い知らされる寒さだった。魔獣と対峙したことがないから言えるのだろうけど、この地方は気候の方がよっぽど怖いように思えた。

物思いにふけっていると、ノワール様の声が聞こえた。

「いえ、たぶん冬は砦に詰めっぱなしになります」

ノワール様はチラッと私に目をやり、すぐにスッと逸らす。私はそれで気づいた。ああ、なるほど。彼のお父様のようにノワール様も砦にずっといるのなら、私と顔を合わせる機会が減るものね。

どうやら気を遣ってくれているらしい。

「バカを言うな、新婚だぞ」

ハドリー様が怒る。

「ニーナたんが寂しくて、逃げたらどうする⁉」

いや……それはないな。

「俺の母メアリーとは違いますよ、彼女は寂しがり屋ではないでしょうし、それに……」

使用人らの目を気にして、小声で言う。

「我々はもう、別れていますので」

むぅ、という呻(うめ)き声と共に、ハドリー様の全身が萎れたように見えた。

「――エイベルが可哀想じゃないか。やっとパパに会えたのに……」

ノワール様は困ったように、自分の祖父を眺める。

「今さらです。父と認識され懐かれているなら悲しいでしょうが、離れ離れだったんですから大丈夫ですよ――っ⁉」

ノワール様が驚いて下を向く。みんな、その目線の先を追った。エイベルが、彼のやたら股下の長い脚に絡みつくように抱きついている。

「パーパ、パーパ、だいちゅきー」

こ……これは？　ハドリー様に父親であることを刷り込まれてる？　しかもあっという間に懐いてる！

そういえばこのエイベル。顔は黒の騎士だけど、中身は昔の私に似ているの。物怖じせず、老若男女問わず、初対面だろうがすぐに距離を詰めて笑顔を振りまく子なのだ。しかもノワール様の泣きボクロと、私のエクボがあるのよね。

そんな天使のようなエイベルから、警戒心皆無の笑みを向けられたら、普通の人はノックアウトだ。普通の人は……。しかし彼は不愛想な黒の騎士。

冷たい切れ長の目で、無表情にエイベルを見下ろしたまま固まっている。エイベルは、そんな彼をまったく恐れる様子もなく、ふくふくした笑顔で見上げている。つ、強い。

ノワール様がついに動いた。しゃがみ込み、目線を合わせる。……やば。

私は、自分が言われてきた数々の侮蔑の言葉を思い出す。彼がエイベルにもひどいことを言うのではないかと、身構えた。

「エイベル、こっちに――」

「じゃあ、週に一回は帰ってきまちゅね」

ふぁっ!?

※　※

ハドリー様は、孫の結婚を楽しみにしていたのだろうけど、ドレス選びにまでノワール様を付き合わせるのは、ちょっと可哀想じゃないかしら。

腕を組んで身の置きどころがなさそうに座り込んでいるノワール様の様子を、私は横目で窺った。

ハドリー様から命じられて仕方なく立ち会っているのが、目に見えて分かる不機嫌さだ。

カタログを広げ、ウェディングドレスの基本の形を提案する王都の有名デザイナーの弟子とやらは、これから夫婦になるはずの私たちを見て、冷や汗をダラダラ流していた。なんなら今すぐ破局しそうな気配だものね。それを察知しているのだろう。

「あの……マリッジブルーでしょうか?」

こそっと聞かれた。男性の方がマリッジブルー!

まあ、ブルーと言えばブルーよね。どうせ形だけの結婚だし。私だって泣きたいわよ。なによ、ノワール様ももうちょっと愛想よくすればいいのに。

無言でカタログのドレスを睨んでいるノワール様は、眉間に皺を寄せている。紙が挟めそう。

この人、もうちょっと取っ付きやすければ、学院でアイドル並の人気だったろうに。私の記憶では、ドレ様とルージュ様の方が人気だった。

まあ、怖そうだし、学生が気軽に話しかけられないわよね……。私も差し入れをしたら、職務の邪魔だと怒られたし。不器用で、生きにくそう。

「ノワール様、私自分で適当に選びますから――」

「スタンリーだ。ノワールは源氏名みたいなものだから」

「源氏名! ……あ、はい申し訳ございません、昔は本名を知らなかったもので」

クリフォード様は専属騎士を選ぶのに、腕だけでなく見た目も重視していた。さらにその外見に合わせ、恥ずかしくなるような二つ名を強要していたっけ。学院の女子生徒にはウケていたけどね。ファンクラブもあったもの。

でも今のノワー……スタンリー様、不機嫌というより、どちらかというとソワソワしているように見えてきた。

本当に忙しいのね。それかトイレか。

「この、一番シンプルな型にしましょう」

早く終わらせようと、私はスレンダーラインの飾り気の少ないものを選んだ。デザイナーさんが、生地のサンプルを見せる。

「それでしたらシルクサテンで――」

「バカじゃないのか」

私とデザイナーさんは耳を疑った。隣を見ると、スタンリー様は目を細め親の仇のように生地を睨(にら)みつけている。

「そのデザインでそんなテロッとした生地だと、体の線を拾ってしまうだろう」

それから鋭い赤い瞳が、今度は私の方を向いた。

「それともそうやって、いろんな男を悩殺する気なのか？　昔のように。ちょっと艶っぽくなったからって、そんな大人っぽいドレスが君に似合うとは思えん」

真っ青になっているデザイナーさんが気の毒になり、私は怒鳴りたいのをグッと我慢して、仕方なく違うものを選んだ。

「じゃあ、この胸元で切り替えのあるエンパイアドレスで」

「それでしたら、ジョーゼット生地にして体に添わせて……あ――」

体の線を拾ったらまたアバズレ呼ばわりされる。二人でおそるおそる新郎になる予定の人物に目を向けると、彼はドレスの形の方に見入っている。

「なんでこの服は胸を強調している？　破廉恥だと思わないのか？」

まずそこからか。

「こっちのハイネックにしたらいいじゃないか。上品で禁欲的だ」

「でしたら、ハイネックでAラインのスカートにしましょ！」

私はてっとりばやく済ませたくてそう言った。ですが……と、デザイナーさんは躊躇する。

「実際ご覧になった方が早いかしら。サンプルのドレスを何着かお持ちしました。ハイネックのAラインドレスもございますので、試着の用意をいたしますね。柔らかいオーガンジーで覆われたスカートはお似合いだと思いますが……」

「オジンだかオカンジジイだか知らんがさっさとしろ、俺は忙しいんだ」

最悪だ。こんな偏屈でせっかちな男だなんて！　見た目だけよくても、モテるわけがない！

私は呆れつつも、急いで試着するために隣の部屋に行った。

※　※

並んでドレスのカタログを見ていた俺は、内心冷や汗をかいていた。よかった……。俺たち以外に人がいて、よかった。二人きりだったら、勃起してしまうところだった。彼女の近くにいるのはまずい。彼女が視界に入ると、やはり目が離せなくなる。

俺は横目で観察してしまった。前より少し痩せただろうか。というか、やつれた？

前は年齢も年齢だったし、甘いものが大好きだったせいか、頬がもっとふっくらしていた。でも今、ほつれたクリームブロンドを耳にかける彼女には、大人の色気が含まれ、前とは別の魅力があった。ずっと妄想のニーナを好きに抱いてきたせいか、生身はクラクラするほど刺激的だったのだ。俺は、敢えて心を引き締める。

ウィンドカスター辺境伯領でのまさかの再会を、俺は最初偶然だとは考えず、ずる賢いニーナによる作為的なものだと思った。だが祖父からいきさつを聞いたところ、どうやら違ったようなのだ。

ならば再会は、神の采配。謝罪の機会を与えてくれたのだろう。

冤罪だったという真実は、俺から犯罪者を罰しただけ、という大義すら奪ったのだから。

彼女は、俺が生身の女では勃たなくなってしまった原因そのものだ。もちろんその現象は、牢で彼女を犯してからだった。


ある日俺は、寝たまま吐精してそのことに気づいたのである。思春期の少年のように下着を汚して初めて己の体の異常を知った。

溜まっていたことにすら気づかないなんて！

初めは仕事のストレスだと思っていた。王太子に気に入られている俺は、専属騎士契約の解消をのらりくらりと延期され受理してもらえず、イライラしていた。

あんなことを命じた王太子に忠誠を誓っているその状態こそが、思った以上に心身に負担を強いていたらしい。

元々女嫌いだし、性欲が湧かないのは、単にあざといフェロモンを振りまくニーナが近くにいなくなったからだと思っていた。

そう。白状すると、男子学生や衛兵ら同様、俺だって彼女を見ていつもムラムラしていたのだ。あの女の本性は分かっているつもりだが、生理的な反応はどうしようもなかった。

ムラつかないと、定期的に行くことを義務づけられている娼館にすら、行く気にならない。まあ別に必要なければ無理に出さなくてもいいしな……と、放っておいたのがいけなかったのかもしれない。俺は、いつまでも死んだように動かない股間の黒の騎士が、さすがに心配になった。

そこで久方ぶりに店に行ってみて、絶望した。ベテラン凄腕娼婦にがんばってもらっても、俺の黒の騎士はピクリとも反応しなかった。明らかに異常だ。

何度か粗相し、情けない思いに駆られていたある朝、とんでもないことに気づく。

下着を汚した朝はいつも、ニーナの夢を見ていたことに思い当たってしまった。試しに彼女を辱めたあの場面を思い出すと、下半身がみなぎったではないか。

なんだこれっ⁉　俺は恐怖に打ち震えた。強姦に興奮するようになっただなんて！　俺の性癖は歪んでしまったのか⁉　この高潔な騎士が！

しかしやがて、この状態が自分の思っているような性癖の歪みとは、また少し違うことに気づく。

試しに娼婦に金を上乗せし、強姦される女の演技をしてもらったのだが、俺の黒の騎士は勃ち上がらなかったのだから。ただただ、娼婦の視線が痛かった。

……プレイでダメとなると、俺はもう本物の強姦でしか勃起しないのか？　そんな変態性犯罪者になり果ててしまったのか？　もう死ぬしかないのではないか？　と絶望したものだ。

だがそれは違うとすぐに気づいた。どんな女を見ても、無理やり犯したいとは思えない。正直それについては、心の底から胸をなでおろしたものだ。……倫理的に考えれば当たり前なのだが。

つまり俺は、あの凄惨な場面で勃起しているわけではないのか？

確かに、夢でニーナを思い浮かべる時、彼女は痛がったり泣き喚いたりしていなかった。こちらの妄想上都合よく改ざんされ、気持ちよさそうによがってくれていた。

夢を思い出しただけで黒の騎士はいきり立つ。

まさか……。ニーナという人物だけを、俺の股間の黒の騎士は判別しているというのか⁉　なぜ⁉　そして、いつから？　俺は青ざめていた。思い出してみろ。俺は娼婦を選ぶ時、ニーナと似たような女をいつも選んでいなかったか？

それに気づいた時、俺は放心してしまった。今はニーナに似た女を抱こうと思っても、勃たなくなってしまった。本物を抱いてしまったから。

理由など分からない。女は嫌いだ。ニーナみたいな女は特に。そうだ、きっとニーナが魔性の女だからに違いない。そう結論付けて、仕方なく俺は下着やシーツを汚さないために、ニーナの記憶をオカズに自慰するようになった。

ニーナに対する不信感は、実は俺の中からまだ拭えていない。馴れ馴れしさやあざとさといった、周囲の男たちを勘違いさせてきた彼女の行動のすべてを、未だに覚えているからだ。男を勘違いさせる行動をとるのは、男心をただ弄んでいるように思えて仕方なかった。

殿下に向ける笑顔はまた格別で、誰も——特に男——が目を奪われていた。だから、俺が彼女を魅力的だと思うのは生理的現象であり、決して好きなわけじゃない。今この瞬間も俺を強烈に惹きつけているとはいえ、俺はこのニーナみたいな女が嫌いなのだ。だからきっと、ニーナでしか勃起しなくなった原因は、あの時のトラウマだ。そうとしか考えられなかった。

すぐ隣にニーナがいる。もちろん、彼女が怖がらないように、間に一つ椅子を置いているのだが……。それでも、ほのかに甘い匂いが漂ってくる。これは昔からそうだった。てっきり、差し入れでいつも持ってきていた、お菓子の匂いだと思っていた。だがどうやら、彼女自身の匂いだったようだ。

まずいぞ……弾みで勃起しそうだ。なぜならここしばらく、領主としての仕事を覚えるのに忙しくて、自己処理をしていない。それなのに妄想のニーナどころか、生ニーナが近くにいるのだ。危険極まりない。

こんな打ち合わせは早く終わらせて、要塞司令官就任挨拶の原稿を仕上げなければ。この部屋から——ニーナの近くから逃げるのだ。

ニーナが仕立て屋を何人か連れて部屋からいなくなった時は、心底ほっとした。よくもったな、俺の黒の騎士！

がっくり力の抜けた俺を見て、デザイナーもお針子たちも怪訝そうに顔を見合わせている。分からんだろう、女には。勃起を堪える男の苦労なんて、分からぬだろう。

今不自然に、生物の起源について、死後の世界について、神の存在について、宇宙の創造について——寝る前に絶対考えてはいけない事柄に、思いを巡らせていたのだぞ。

だからこそ俺は勝利した。煩悩に打ち勝ったのだ。

「お待たせしましたー」

オークの扉を開けて戻ってきたニーナを見て、俺は凍りついた。オッパ——

「ああ、やっぱり……。お嬢様はお胸が大きくていらっしゃいますから、シンプルなハイネックはよけい膨らみが強調されてしまうんですよね」

デザイナーの言葉など、聞こえていなかった。

「けしからん！」

俺はニーナに向かって吐き捨てていた。

「天然のエロリストか君はっ！」

「ふぁっ⁉」

「落ち着いてください、坊っちゃま。お胸の大きい人は、むしろデコルテを見せた方がよいのですよ」

デザイナーが慌ててカタログを見せる。

「思いきって出しましょう！」

「オッパイをか⁉」

「鎖骨と谷間ですよ！」

鎖骨と、たたたた、谷間⁉

想像しただけでアウトだった。あっけなく敗北した俺は、前屈みになって立ち上がった。いや、勃ち上がったのだが、立ち上がった。

「あの、とにかくだ、尼僧のような格好にしてくれたまえ。後は任せた」

それだけ言うのがやっとで、俺はくるりと背を向け部屋を飛び出していた。

「坊っちゃま、具合でも悪いのでしょうか？」

閉まる扉の向こうから、仕立て屋たちの心配そうな声が追ってきた。

「短気なんです」

ニーナが呆れ果てたような声で言ったものだから、なんだか俺は自分が情けなくなってしまった。

砦へ向かう

結婚式が近づくにつれ、なぜかハドリー様は回復していくように見えた。

ウキウキして四六時中エイベルと遊んでいる。

「それにしても、あやつはほとんど砦じゃないか。まめに帰ってくるとエイベルと約束したのに！」

使用人たちが、まあまあとハドリー様を宥(なだ)める。

「就任後は、覚えることがあって大変なのでしょう」

「都のエリート騎士だったわけだし、叩き上げの士官らに舐められないようにしないと」

年輩の家政婦長と執事がそう言えば、若い使用人仲間たちは別の視点から口を出す。

「まだ結婚はしてないので、同じ屋根の下だとねえ」

「二人とも若いから、猿みたいになっちゃいますよ、くくく」

メイドのエロイーズとアンの目はバナナ型だ。特にエロイーズは三度の再婚歴のある強者(つわもの)。私たち一家の住み込み時代から、私にいろいろな猥談を持ちかけてくる自称エロリストだ。

ハドリー様は納得がいかないようで、どこか不満げである。

「しかし、孫はインポテ――」

「ハドリー様～っ！」

ペラペラとスタンリー様の股間事情をしゃべってしまわれそうな彼を、私はなんとか遮った。

スタンリー様がインポテンツなのは、マクニールさんとヴァーノンさんくらいしか知らないのに、ダメじゃない！

「お、王都に魔獣は出ませんから、きっと違うご苦労があるのだと思います」

北部の魔獣は体を覆う皮が硬く、大砲の弾は特別仕様の物じゃないとダメだとか。だから柵を破って入ってきた魔獣と接近戦をする時も、やはり特別な鉱物で作った剣や銃弾で戦うと聞いた。

それって、暴徒や刺客の類と戦うのとは、わけが違うのではないだろうか。

「はっはっは、大丈夫だよ。人を殺るより精神的にはよっぽど楽だろう。今は各国と停戦協定が結ばれているからな」

ハドリー様の言葉に、確かにと納得する。戦時の方が憂鬱に違いない。

ただ、魔獣さえいなければな、と思うことがある。北の山岳地帯には、病に効く薬草がたくさん生えていると聞いたからだ。それが手に入れば、ハドリー様の肺や心臓も今よりずっとよくなると思うの。今のところは大丈夫そうだけど、いつまでお元気か分からないもの。

エイベルが大きくなるのは嬉しい。でも大人にとって時の経過は、成長ではなく老いになる。若く見えるけど、ハドリー様はエイベルの祖父ではなく、曽祖父なのだから。

「ところで、結婚式の招待客なんだが」

「はい」

「王太子殿下が王族の代表で来てくれるらしいぞ」

私は断末魔のような悲鳴をあげそうになり、寸前で堪えた。

「スタンリーは殿下のお気に入りだったようだからな」

大変だわ！

まさか、こんな辺境にクリフォード様が来るなんて、あり得ないと高を括っていた。

王族がいらっしゃるとしても、王家の血なんて微塵も入ってなさそうな、陛下の従姉妹の子供の同級生が飼っていたペットくらいじゃないかなって――なんちゃって王族だろうなって思っていたのに！

「おふぅっ、おふっ！」

「どうしたニーナたん、過呼吸になっているぞ！」

北方辺境伯ってそんな大層な方なの？

青くなったり白くなったり土気色になったりの私の顔色を見て、屋敷の者たちは心配してくれたけど、誰にも理由を説明できないっていうね……。唯一相談できるのは、敵の一派だった黒の騎士様ときている。

そうよ、ノワール様――じゃない、スタンリー様に知らせなければ！

私は大急ぎで支度を整えた。往復四日分のハドリー様の薬の処方と健康管理を両親にお願いした。

エイベルには、くれぐれもハドリー様の髭をむしらないよう言い聞かせて。

ハドリー様含め、みんな突然の私の行動に戸惑っていたので、それらしい理由もつけた。

「急に寂しくなっちゃって！　今すぐスタンリー様に会わないと死んじゃうと思ったの！」

これが若者の情熱かっ！　という言葉を背後に聞きながら、私はすぐに砦に旅立った。

※　※

「あいにく司令官は、北東防壁の修復作業の指揮で砦にはいません」

砦の門番をしていた兵役の兵士らに、上から下まで疑わしげに見られた。

疲労の色濃い御者のサットンさんを近くの宿に置いて、イーライさん、エロイーズと砦までやってきた私だ。

私も久々の長旅で疲れていたけど、王都追放後の流浪の経験のおかげか、自分で予想したより元気だった。精神的には回復しているからかしらね……

本当は元使用人仲間の二人も置いてきたかった。ハドリー様含め屋敷の人たちは、私たち一家が王都でどんな罪を着せられたか知らない。だからスタンリー様と話し合うには、屋敷の人がいない方がいいと思ったの。だけど北の砦は、女が一人で来ていい場所ではなかったようだ。

行き来する兵士らから、ヒューヒューと口笛を吹かれた。ガラ悪っ。私は門番の兵士に愛想よくしながら、さらに尋ねる。

「お戻りになるまで、どれくらいかかります？」

「本当に司令官の婚約者なんですか？」

再び上から下までジロジロ見られる。たぶん、貴族に見えないのだろう。そりゃそうよね、ただの平民だもの。使用人だったんだもの。

「新司令官、女が大っ嫌いでね。娼婦にも村の女にも手を出さないわけっすよ」

あの人インポテンツだから、どちらにしても無理なのよ。

「それでも連日、司令官目当てに村の女どもが押しかけてくるんだ。商売女も逆指名で司令官と寝たがる。無料で。あんた、ファンクラブの女じゃないのか？」

ファンクラブ⁉　なんでそんなにモテるのよ、見た目に騙されちゃダメ！　あの人中身は最悪だからね⁉

門兵は、侮蔑を込めて無遠慮に私を眺め、口を歪めた。

「領主になる方に嫁ぐ女がそんなムチムチプリンで、見るからにビッチっておかしいじゃないか。騙されないぞ」

ムチムチプリンってなによ！　前より痩せたわよ！

そこへ、同行してきたイーライさんとエロイーズが、馬車の方から慌ててやってきた。差し入れの荷物を抱え、ヨタヨタしている。

「無礼だぞ、この方は本当に司令官の妻になる人だ！」

「そうよ、そうよ！　本当にニーナとスタンリー坊っちゃまは結婚するんだからっ」

門番の兵士はますます疑い深くなる。

「奥様になる人を呼び捨てー？」

「しまった、今までの癖で」

エロイーズは慌てている。ハドリー様の主治医の補佐をしていた私とメイドの違いとはいえ、今まで一緒に屋敷内の使用人をやっていたのだ。気持ち悪いから今まで通り呼び捨てでいいよ、と私が懇願してしまったんだわ。

「やっぱり怪しいな。近くまで戻ってきているはずなんで、今確認させます。それまでその辺で待っていてください」

門番からの報せ(しら)を待つ間、粗野な砦の兵士たちがいやらしく笑いかけてくるので、ざわっと鳥肌が立った。

おそらくクリフォード様の私刑以来、こういうのがダメになってしまったの。前は気にも留めなかったけど、性的な目で見てくる男の人が怖くなってしまったのだ。黒の騎士の赤い瞳が私の体を見下ろしたあの時、確かに欲望の色が含まれていた。もちろんそれまでだって他の男性たちから感じていたものだけど、結果どうなるかは知らなかったのだ。あんな痛い目に遭うなんて。

再会した時のノワール様――じゃない、スタンリー様は、もうそんな風に私を見なくなっていたけどね。それでも怖いものは怖い。私はなるべく兵士らの方を見ないように、俯いていた。

「ねえ。私の見てくれって、そんなにビッチ？　童顔だし、大人しめよね？」

エロイーズとイーライさんの二人に、小声で聞いてみた。スタンリー様も相変わらず私を、地位とお金目当てにハドリー様に近づいているビッチではないかと警戒しているし……

「親しみがある、あざといビッチよね」

「清純派で売っている矛盾した娼婦っぽい」

遠慮なく判定を下す元使用人仲間二人を睨みつける。否定してほしかったのに！

別に露出しているわけでも、色っぽいわけでもないのになぁ……

結局砦内には通してもらえたけど、さらに中でも待たされた。砦の中はさらにひどかった。

入れ代わり立ち代わり兵士たちが私を見に来て、ヒューッ見ろよあのデカパイを！　とか、かわい子ちゃ～ん、俺の〇〇〇ピーッして！　と叫んで逃げていくので、辟易してしまう。

でも待っている間、食堂で食事をとらせてもらった。デザートがメニューにないですと!?

「差し入れに、日持ちする焼き菓子とかを持ってくればよかったわ」

「旦那の職場にそういうことをすると、嫌われるらしいわよ」

エロイーズと会話している横で、イーライさんはここの名物として勧められた砦丼を、ガッツリかっくらっている。

「なんだ君たちは」

その時、冷たい声が響いた。振り返ると、プロテクターのようなものを外しながらスタンリー様が兵士らを引き連れてやってきた。グレーの軍服はあちこち破れ、腕や足からは血が出ている。連れていた兵士らも怪我しているのに、まったく気にせず食堂の席に着き、カウンター奥に向かって食べ物を注文しているではないか。

「え……ちょっと、血が！　どうしたんですか？」

「大怪我だわ、式だってもう近いのに」

イーライさんとエロイーズに言われ、スタンリー様は自分の体を見下ろす。

「ほとんど返り血だよ。魔獣が出たから」

そう答えてからキョロキョロして、イーライさんを睨（にら）んだ。

「男はお前一人か？」

「え、ええ。あとは御者くらいです」

「……護衛を連れてこなかったのか。国境近くは危険なのに何をやっている？」

「あ、私がお断りを……」

イーライさんが怒られそうだったので、慌てて庇った。

「本当は一人で来たかったくらい」

「は？」

「二人きりでお会いしたくて」

ひゅぅぅう！

周囲から口笛やら野次やらが飛んだ。スタンリー様の顔がみるみる赤くなる。怒ってるぞ……これ。まあ仕方ないじゃない、極秘の相談があるんだから。

「司令官！　奥様を熱烈に愛しているから、女たちを袖にしてたんっすね！」

「いやー。最初はいけ好かないチャラチャラした騎士あがりが赴任してきたと思ったけど、なかなか男気があるな！」

「しかもこんなかわいい奥さんもらうなんて、やるじゃねーか」

「きょにゅー！　きょにゅー！」

うるさいな！　あと粗野！

私はイーライさんの持ってきた荷物を、スタンリー様に見せた。

「あ、ちょうどよかったわ。差し入れです。消毒薬や包帯、塗り薬やら諸々が入ってますので、まずあなたを含め、皆さん傷を洗ってください。砦の医務室の方へ、イーライさんに持っていってもらいます」

医療品は村から仕入れているだろうけど、私たちが作る薬の方がよっぽど質がいいもんね！

スタンリー様はぶっ倒れそうな赤い顔をしていたのに、それで少し表情をやわらげた。

「悪いな」

ほっ。お怒りを鎮めてもらえたらしい。でもその赤い瞳で見られると、ちょっとソワソワしてしまう。やっぱりトラウマの原因となる人だからなのだろうと思うのだけど、砦の兵士らに見られている時と違い、あまり不快ではなかった。

性的な目で見られるか、見られないかの違いなのね。今の彼は明らかに私に興味ないし。そうか、何よりもインポテンツだからね！

※　※

なぜ来た!?

このむさくるしい男ばかりの砦に、なぜ!?　こんなところに唯一俺の股間レーダーが反応するニーナが来てしまったら、俺の黒の騎士はどうなると思っているんだ！

せっかく「コネで上官になった都のチャラい騎士」から「実力ある若きイケメン新司令官」に評価が変わったばかりだというのに！

もし「むっつり勃起野郎」とかに二つ名が変わってしまったら、この女のせいだからな。それならまだ前のような「黒の騎士」の方がマシだった！

俺は嘗め回すようにニーナの体を見ないよう、視線を彼女の顔に固定した。まつ毛長っ。

そっけなく、彼女を二人だけで話せる場所に誘い出す。つまり、司令官室だ。いや、だってニーナが「二人だけになりたいの」って言ってきたんだぞ？　俺にやましい気持ちがあるわけじゃなくて、彼女がそう望んだからだ！

ただ……俺と二人きりになって怖くないのだろうか、と心配になった。そこで司令官用の応接室の方に通すと、俺は彼女に聞いていた。

「扉は開いていた方がいいかな」

ニーナはソファーに座りながら首を傾げた。

「え？」

若草色の瞳を瞬かせてから首を振る。

「ああ、大丈夫です。閉じてください。声を聞かれたらまずいので」

声を聞かれたらまずい？

俺の股間に血が集まった。違う、そういう意味じゃない。

「それに、ノワール様はインポテンツなのでしょ？　そんなに怖くないです」

ほらな、危うく期待するところだった。そしてそれも違う。君にだけは違うんだ。はっきり言って君は、狼と一緒にいるようなものだぞ。しかも、とびきり飢えた狼だ。

「いいかげん、ノワール様って言うのをやめたらどうだ」

そのちょっとカッコ良さげに聞こえるチャラい通り名を命名したのは、王太子クリフォードだからだ。それを口にするたびに、殿下を――元恋人を思い出して悲しくなるのではないかと、不安になる。

「すみません、つい……。黒の騎士様とかノワール様って言われるのは、お嫌いですか？」

「もう夫婦になるし」

言ってからしまった、と思った。彼女は望んでなるわけではない。仕方なく、だ。

「形ばかりとはいえ、これから契約結婚というか、愛はなくても結婚をするわけだから、慣れていた方が――」

「スタンリー様」

甘い痺れが耳朶から入り込み、再び俺の股間が疼いた。眩暈がする。彼女は、声もエロいな。

「スタンでいい」

俺はわざとそっけなくそう言った。ニーナは魅力的などではない。

「そういうわけには……」

そう言いながら、若草色の宝石が嵌まった垂れ目が、じっと俺を凝視する。ニーナが腰を浮かした。なんだ？

ティーテーブルに身を乗り出して顔を近づけられ、俺の方がビクッとなる。ニーナは目を丸くした。

「あ、ごめんなさい。眉毛の上に傷があるので。血が――」

手にハンカチを持っていた。

「ああ、魔獣が複数出たから。聞きしに勝る獰猛さだな。狼や猪とはわけが違う――っ⁉」

ハンカチでそっと押さえられ、俺は俯いた。

なんだよ、心臓が破裂しそうだ。

俺は彼女の手からハンカチを受け取ると、自分で傷を押さえた。どこもかしこも、ハンカチすらも甘い匂いがする。

「それで、どうしてこんな危ないところに、わずかな供だけで来た？」

「王太子殿下が見えます。結婚式に」

俺はあんぐり口を開けた。

「え？」

「ウィンドカスター辺境伯は、やはり国にとって大切な存在なのですね。王族が結婚式に来るなんて」

俺は専属騎士を辞める時、さんざん揉めたのを思い出した。まさか四年許可が出ないとは思わなかった。

しかもこちらに来る前、王太子殿下の異母兄であるローレンス王子の勢力が、また強くなってきていたのだ。エディンプール公爵と、王室の関係がギクシャクしてきたことによる。

理由は王太子妃ローレッタ様の家出で、そのことは未だに国民に伏せられていた。ローレッタ様はいつまでも子宝に恵まれず、それを国王夫妻が責めたとかなんとか……。まあ推測にすぎないが、エディンプール公爵が娘のためにブチ切れた、というのはあり得そうだ。たぶん家出したローレッタ様を匿っているのだろう。

思えばあの時ローレッタ様は、俺と同じく王太子殿下にドン引きしていた。だがまさか、何年も経ってから逃げるとは思わなかった。

とにかく、ローレンス王子の派閥と、お互い暗殺者を送り合う不毛な泥仕合へ発展しそうな時期に、俺は王室騎兵隊を辞めたのだ。薄情だと罵られた。しかし、ニーナの事件の後すぐに辞表を叩きつけたが受理されず、ずるずる捕まっていたのだから仕方ないだろう？

引き継げる次の「黒の騎士」も入ったことだし、何よりも祖父が危篤だと言って、どうにか辞めてここに来た。

「まずいな」

まさかまだ、俺に未練があるわけじゃないだろうな。

「どうしましょう。私は身を隠した方がいいでしょうか？　エイベルだけ残して、花嫁は失踪ってことにすれば――」

「おふっ!?」

「だって結婚相手が私だってばれたら、大変でしょ？」

そうか、王太子殿下はまたニーナに執着するかもしれない。一度忠誠を誓った相手にこんなことを言いたくないが、あの男はクソだから、権力を使って俺からニーナを取り返そうとするかもしれない。

「彼は私が陛下の暗殺をたくらんだと思い込み、私を憎んでいるのですよ？　スタンリー様が私と結婚なんて、反逆罪に問われるかもしれません！」

俺はしばしニーナの可愛らしい顔を見つめて、無言になっていた。しばらくして、やっと思考が働く。

「……あ、そっち？」

そうか。ニーナは王太子殿下とローレッタ様がまだラブラブだと思っているのか。

「もし……」

俺はさりげなく聞く。

「王太子殿下がローレッタ様と離婚し、君を望むと言ったらどうする？」

つい聞いてしまった。ローレッタ様の家出は極秘なのに……

「君は殿下に未練は、ないのか？」

ニーナがまだ殿下を諦められないでいるなら――。俺たちは結婚すべきではないのではないか？

あのアタオカ王太子がニーナに執着すれば、そして今度こそニーナ以外と結婚するつもりがないと国王陛下に断固たる意志で訴えれば、ニーナは前のポジションに戻れるのではないか。

殿下の隣で無邪気に笑い、幸せそうだったニーナに。あり得ないことなのに、俺はついそんな想像をしていた。

そしてその瞬間、ひどく胸が痛んだ自分に首を傾げた。

「私が、クリフォード様に未練……」

ニーナはポツリと呟く。次の瞬間、呆れ果てた声が続いた。

「あのクソに未練？　あるわけ、ないじゃないですか」

俺は目をぱちくりした。あれ……今王太子殿下のことクソって言った？

「だが、王太子妃になれる可能性が少しでもあれば、なりたいのではないか？」

「そんなもの、最初から望んでませんよ」

ニーナは心外そうな口調で言うと、やれやれと息を吐く。

「あなたは信じないかもしれませんが、王太子妃なんて面倒くさそうだもの」

では本当に他意なく放棄させたかっただけなのか、殿下に王太子の位を。

「私はクリフォード様がいれば、それでよかった。そんな肩書きなんて要らない。二人で逃げ出したいくらいでした」

ニーナは遠い目をしてそう言ってから、恥じているかのように小さく付け足した。

「若気の至りかもしれませんが、純粋に愛していました」

「だったら……」

「だからと言って、何でも許せるわけがないじゃないですか」

ふっくらした唇を噛み締める。

「彼は、私を部下に強姦させたんですよ？」

俺は自分が責められているのだと感じ、ぐっと奥歯を噛みしめた。彼女にとっては、同じだから。命令した者か、実行した者かの違いで、同じなのだから。

「恋人だった者をまったく信じず、自分で調べもせず、辱めたんです」

ニーナの言葉を頭の中で反芻し、改めて彼女の身に降りかかった災難に、ぞっとする。

ある日突然身に覚えのない罪を被せられ、ボロボロにされ、追放されたニーナ。どれほどの苦しみだったろう。俺はその片棒を担いだのだ。

俺のことも一生許せないだろうな。いや、それでいい。許さなくていい。そんな都合のいい話など、あってはならない。だがそれなのに、ニーナは俺とは結婚してくれるというのか？

俺のなんとも言えない表情に気づいたのか、ニーナは苦笑いした。

「勘違いされているかもしれませんが、私、スタンリー様のことは、それほど怒ってません」

「え？」

「私はあなたのことを元から好きではないし、だからひどい目に遭わされても、心の奥底までは傷つきませんから」

胸を張って毅然と言うニーナに、俺は目を奪われた。

「心の傷にはなりましたけど、体の傷と同じようなもので、治ってくるみたい」

今度は俺が唇を噛み締める。

「クリフォード様のことは、本気で愛していたからこそ傷ついたし、彼から男女の愛の希薄さを思い知らされたんです。貴方が私をいくら蔑もうと、へっちゃらなんだから」

「うん」

思わず俺は言っていた。

「でも君が望むなら、殿下の代わりに俺で恨みを晴らしてもいいよ。何発でも殴れ」

俺を気丈に見据えていた若草色の瞳から、その時、ポロリと涙が零れ落ちる。あれ、と頬を拭いながらニーナは困っている。ハンカチは俺が使ってしまった。慌てて布巾を取り、顔を拭いてやる。

「これ、台拭きじゃないですか？」

「ああ。雑巾じゃない。安心しろ」

安心できるかっ！　と振り払われ、俺はオロオロしてしまう。やはり、あの時のことを思い出させたくない。泣かないでほしい。

ニーナは俺に布巾を投げつける。

「あの人が私に与えた傷はね、もう二度と私に男性を愛させないほど深かったの。あんなに簡単に人は心変わりするものだって、恋人自身に教えられてしまったの！」

「……そうか」

コブ付きといえど、こんなに魅力的なんだ。俺の前に誰かと結婚していてもおかしくない。そういえば、祖父が契約結婚を持ちかける時、ニーナは恋も結婚もする気がないと、言っていたな。

「辛かったな」

全部受け止めよう。辱めたのは俺。罪を鵜呑みにして、疑いもせず命令を実行した、未熟な俺。

ニーナはソファーから立ち上がった。

「私の辛さなんて分かるもんですか！　分かった気になるんじゃないですよ、この唐変木(とうへんぼく)！　朴念仁(ぼくねんじん)！　鉄面皮(てつめんぴ)！　むっつり！　傲慢なモラハラ野郎！」

唐変木(とうへんぼく)ってどんな木だろう。思いつく限りの罵倒をぶつけてくるニーナを、俺は黙って見ていた。手を握ったり、抱きしめたりしてあげられたらよかったのに。それを一番してはいけないのが、俺なんだもんな。

この先に、ニーナに辛く悲しいことがあっても、俺は何もできず、見ていることしかできないのか。それを思うと情けなくて、もどかしかった。

ニーナはしばらく罵詈雑言を俺に叩きつけていたが、やがて気が済んだのか、肩で息をしながらソファーに座り込んだ。

「すみません、つい」

「いや、いつでも罵ってくれ」

変な趣味の人みたいになった。

ニーナはプッと吹き出す。俺はペコッとへこんだエクボを見てほっとする。彼女が笑えるならなんだってやるのに。

「貴方はもう気にしないでください。棒で殴られたからって、棒を憎んだりしません」

棒……

「元からの敵にやられるのと、一度懐に入れた人間にやられるのとでは、傷の深さが違うってことか」

「そうです。分かってるじゃないですかノワール様」

「スタンだ」

ニーナの笑顔がますます大きくなった。エクボ……

「なんの話でしたかしら？　そうそう、とにかくね、クリフォード様がまた心変わりしたところで、軽蔑するだけです。私が彼に未練なんて、絶対あり得ません」

俺はなぜだか、心の底から安堵していた。

それから俺とニーナは、どうやったら王太子殿下にニーナの正体がバレないようにできるか、あれこれ話し合いはじめた。

「あ、俺が王室騎兵隊に連れ戻されないよう、それも考えないと」

※　※

「司令官閣下」

扉をノックされ、私たちはいつの間にか頭を突き合わせ、ずいぶんとくっついて話し込んでいたことに気づいた。どちらからともなくパッと離れる。

「ど、どど、どうした？」

ひどく動揺し、さらに仰け反るように距離を取ったスタンリー様を見て、そうなるのは被害者である私の方じゃないの？　と呆れてしまう。なんか、失礼。

「お楽しみのところ、申し訳ございません」

遠慮がちな外からの部下の声に、スタンリー様が立ち上がって吠える。

「楽しんでなんかいない！」

私はムッとなる。なによ、だから逆でしょ。そんなに私といて不快ですか？　こっちだって楽しくなんかないわよ。台拭きで顔拭かれたし。

男性からチヤホヤされてきた歴は長いのに、この方だけはずっと……ブレないわね。……ふん。なんとなく面白くない。

「指示をいただけますか。担当の六班が見つけたんですが、北西のA地点にある柵も、壊れているようです」

スタンリー様の動揺した赤い顔が、仕事モードに変わるのを目の当たりにした。

「魔獣か？」

鋭い表情に、私はドキッとする。私といる時は、まだ穏やかな顔だったんだ……

「魔獣の確認はされていません」

それを聞いて、スタンリー様は少しだけ力を抜いた。

「材木は足りているのか？」

呟きながら、執務デスクのキャビネットに向かい、書類が入った棚から枚数を数えて一枚取り出すと目を通す。

「修繕には、置き場にある材木を全部使ってしまって構わん。雪が降る前にまた足しておく」

そう扉の外に命じてから、自分も部屋を出ていこうとして、私の存在を思い出したようだった。

「あ、ごめん。殿下対策か」

「いえ、お忙しいでしょうから、お仕事優先で」

スタンリー様は、じっと私を見つめた。

「イーライたちから離れずに待っていてもらえるか？」

心なしか申し訳なさそう。

「また遠いんですか？」

「いや、A地点は砦からすぐだ。そんなに待たせないと思う」

長身のエイベルそっくりさんが働いているところを、もう少し見てみたくなった。ふと、思いついたことを提案する。

「あの……ついていっちゃダメ？」

「え？」

「一応形だけとはいえ、要塞司令官の妻になるので、防壁を見学に――」

「いや……つまらんぞ？」

「でも、見たいです！」

スタンリー様は驚いて私を見ながら、噛んで含めるように説明した。

「本当に、婦女子が喜ぶようなものは何もないんだ。君がもし、魔獣をひと目見たいと期待しているなら、あれは砦近くには滅多に出ないし、万が一出たらそれこそ危険だし――」

「国境の向こうを、一度見てみたかったんです！」

私が食い下がると、スタンリー様が目元を和ませ、くすっと笑った。

「変わってる」

嘲笑でも失笑でもなく、私に自然な笑みを向けてくれたのは初めてかも。エイベルみたいにエクボはできないけど、悪くない笑顔だと思った。

「分かったよ。兵士らに知らしめとく方がいいかもな。俺の妻だって」

俺の妻という言葉の響きに、私はなぜだかソワソワした。

「帰りは暗くなっていると思う。山からの風で市内より冷えるから、上着は厚手のを着込んで――」

着てきた上着を羽織った私を見て、スタンリー様は眉を顰(ひそ)め、別の部屋に入った。しばらくして戻ってきた彼が手にしていたのは、毛皮のショールだ。

「あまり知られていないが、魔獣の中には保温性のある毛を持つヤツがいて、下の村にはその加工を生業にしている業者がいる。魔獣に馴染みがない連中は怖がって身につけないが、慣れれば温かくて手放せなくなるんだ」

遠慮しながら「どうかな？」と渡してきたのは、艶もなく色合いが毒々しい斑模様。貴婦人には敬遠されそうね。

「ありがとうございます」

私が受け取ろうとすると、グルグル肩に巻いてくれた。

「どう？」

「うん、あったかいし、柔らかいです！」

「空気を含んでいるから軽いだろ？　毛の質はいいんだが、色と模様がね。どうやっても脱色も染色もできないらしい。あと、量産も難しいな」

私はホクホクしながらショールを握りしめた。

「北方辺境伯領の特産にできればよかったですね！」

「既に魔獣の肉は珍味で売られている。砦丼、食わなかった？　そう美味くはないが、滋養強壮にいいらしい」

「でしたら、健康食品として薬のように売れば収益になりませんか？」

「量産が難しいからな……。竜のウロコなんかは、錬金術師がよくもらいにくる。薬にするとかで」

「え、火竜も出るんですか？」

「いや、俺も赴任して間もないから知らんが、氷竜しか出ないそうだ。口から冷たい息を吹いて凍らせてくるやつ」

「種類によるかもしれませんが、竜の鱗はコミュ障に効くと、かつて知り合いの錬金術師が――」

「俺はコミュ障ではない！」

「防壁近くには、薬草も生えてるって街の人に聞きました。幻の植物アレクサーは、インポテンツに効くらしいですよ。あ、そもそもアレクサーは万能薬か」

そんな風に会話しながら、並んで砦内を歩いていく私とスタンリー様。私はふと思った。やだ、なんか本当に領主夫妻みたいじゃない……

エロイーズとイーライさんには、先に麓の宿に戻って荷物をまとめてもらうことにした。帰りはスタンリー様自ら、私を宿に送ってくれると言うからだ。

変なの……さっきまで遠慮して離れていたのに。木造の建物の外に出た途端、肩や腰に手こそ回さないものの、ピッタリくっついて歩いている。

こっそりスタンリー様を見上げると、真紅の瞳が申し訳なさそうに見返してきた。

「悪い、しばらく我慢して」

「我慢？」

「司令官の妻になる人だって、野獣どもに分からせないと。ウロウロしていると商売女と間違われて危ないから」

私はうんざりした。もう間違われたわよ。そう見えるのは昔からだし……あなただって、私をそういう目で見ているくせに。

「もしかして――まだ私をビッチみたいだって言いたいんですか？」

スタンリー様はびっくりして私を見下ろし、慌てて首を振る。

「そうじゃない、粗野な連中が本当にここには多いんだ。地方の村からやってきた兵役中の男たちは、妻や恋人にしばらく会ってなくて、いろいろ溜まっている」

兵士たちとすれ違うたびに、スタンリー様にピタリと体を寄せられた。

「君がどうとかじゃなくて、若い女は娼婦と間違えられやすい。彼女らは稼ぐのが目的で勝手に潜り込んでくるからな。どこかに引きずり込まれたら大変だろ？」

ジロジロ見てくる兵士らの視線から、守ってくれているってこと？

私ったら……。自意識過剰というか、被害妄想癖があるみたいで恥ずかしくなってしまった。

そうこうしているうちに、兵士のひとりが斜面の下にある馬房から立派な馬を連れてきた。二人乗り用の鞍がつけてある。

「言っておくが、ブリトニーじゃないぜ。辞退したから」

ようやくブリトニーが馬だと分かったその瞬間、足をくじいて転びそうになる。防壁は馬車では難しい坂の上にあり、足元が不安定なのだ。

スタンリー様は咄嗟に私を支えてくれた。腰に回された力強い腕に、心臓がバクバクする。彼は一言ごめんと断り、そのまま私の腿より下に腕を下げたかと思うと、ひょいと持ち上げて鞍の前に乗せてくれた。

ふん……なによ、女の扱いがスマートじゃない。でも絆されたりしないんだからね！　と思いつつ、悪い気はしなかった。

「ありがとう……ございます」

昔はこうやって、女性扱いされるのは当たり前だと思っていた。だけどもう素直に受け取っちゃダメって分かっているの。全部下心あってのことなんだから！　男性からの好意は、見返りを与える気がなければ受けないこと。これに限る。

「言っておきますけど私、馬くらい一人で乗れますから」

「周りの目があるから仕方ないだろ」

スタンリー様はそう言いながら、私の後ろに跨った。背中に体温を感じて、そわそわしてしまう。

確かにこれが、夫婦の距離なのだろうけれど……

「足場が悪い。Ａ地点に着くまでちょっとの我慢だ。暗くなる前に作業を終わらせたいから走るぞ、掴まって」

そして馬の腹を軽く蹴って、軽やかに斜面を上っていった。

修復作業の補助を命じられた工兵らが、慌てて荷を積み後を追ってくる。でも、なかなかスタンリー様の馬には追いつけなかった。

なんていうか……王都育ちにしては順応が早い。そっと後ろを振り返り彼の顔を見上げると、真紅の瞳と目が合う。その瞳が心配そうに揺れた。

「怖い？」

「……いえ」

「舌嚙まないようにな」

なんか……なんていうか……。口を開けばひどいことしか言われなかったから、普通に会話しているだけで変な感じ。

背中の体温が気になって仕方なかった。

防壁の柵はとんでもなく高くて、それこそ想像以上に高くて、並みの動物では飛び越えられないだろうと思った。これでも魔獣相手ではまだまだ低い方なのだとか。

スタンリー様は圧迫感のある木の柵を見上げる。高所に屋根付きの見張り台があり、そこに砲門が設置され、見張りの兵士らが立っていた。要所要所にそういう地点があるという。

「あそこです」

兵士の一人が上から指差すと、腐って壊れている柵の一部が見えた。スタンリー様が呟く。

「破壊されたわけじゃない。老朽化だな」

「これはこれは、司令官閣下」

いかつい顔の男が煙草を吸いながらやってきた。ハドリー様に負けないくらい、ガッチリした体格の大きな中年の男である。無精髭に着崩した軍服、そして顎が割れている。

「おやっさん」

オヤッサン……。確かに私の父くらいの年齢だ。でも体格はまるで違う。父を鶏ガラだとしたら、この男は筋肉だ。

「女連れとは恐れ入りました、こんなところでデートですかい？」

「もうすぐ妻となるニーナ嬢だ」

「あーあー。ヤリ逃げでしたっけ？　デキ婚？　どちらでもいいが、この辺に連れてきても青姦しかできねーっすよ？」

　私は卒倒しそうになった。信じられない、レディを前にこれまたなんて粗野なの！　あと失礼だわ。だって表向き、私は司令官であるスタンリー様の婚約者ってことだもの。

　私はハラハラしながら、ヤリ逃げ呼ばわりされたスタンリー様を振り返る。スタンリー様は先に馬から降りると、私の腰を掴んで降ろしてくれた。

「誰です？」

　小声で尋ねる私に、スタンリー様は特に気を悪くした様子もなく紹介する。

「要塞副司令官だよ。長年、祖父に代わって砦を守ってきてくれた人」

「口の利き方がひどいわ」

「まあ、俺は赴任したばかりだから、こんな感じの扱いだ。あとこの人、元傭兵だからか元から口はすごく悪いな。下ネタしか言わないし。耐えられなくなったら耳を塞いでくれ」

　引き気味な私を見て、スタンリー様は苦笑した。

「ただの傭兵じゃない。かの魔獣大発生の折に大枚をはたいて祖父が雇った、伝説の凄腕傭兵なんだ。俺の父親が命を落とした後、傭兵稼業から足を洗ってずっと北の国境を護ってくれていたらしい」

　伝説の傭兵！　それなら胸板が城壁ぐらい厚くても納得だわ。

　オヤッサンはニヤニヤしながら私に近づいてくる。見れば見るほど私の父の胸板が鶏ガラにしか思えない。

あと、開けたシャツからは胸毛も見えている。寒くないのかしら。あ、胸毛で暖かいのかしら……

「オーエン・サーンです、よろしくオッパイちゃん」

「オヤッサーンさん、私はオッパイちゃんなどという名前ではありません」

「オーエン・サーンだってば。まあいいじゃない、名前なんて。俺の雄っぱいとどっちが大きいかな君のボイ――」

スタンリー様が私を背後に庇って、低い声で警告した。

「手を出すなよ、オヤッサン」

割れた顎を摩(さす)りながら副司令官は笑いを噛み殺す。

「さすがに上官の奥さんにはちょっかい出しませんよ。俺、司令官閣下みたいにロリコンじゃないし」

「……ニーナは童顔だけど成人女性だよ」

そこでやっと遅れていた工兵たちがたどり着いた。

「数名は置き場から丸太を運ばせる。俺たちは資材の備蓄を増やそう」

事務的な口調でオヤッサンに言ってから、私には穏やかな口調で提案した。

「階段が大変だけど、見張り台に上ってみる？　そこから砦の向こうが見えるんだ。背の高い木は柵の外側しかないから、俺たちは外に出る。ニーナは、砲台から見ていてくれるかな？」

「あ……はい。でも柵の外なんて出て、大丈夫なのですか？」

　オヤッサンが口を挟んだ。

「近場をウロついていた魔獣は、あらかた殺っちゃったからさ。しばらく作業する時間はあると思うぜい？」

　私は目を丸くした。

「とっつぁんの部隊だけで？　すごーい」

「そうそう……いや、オヤッサンだから！」

　なんとなく、スタンリー様が危ないところに行くのが嫌だったので、私はそれを聞いてホッとした。いや、ほら、だって、エイベルの父親が死んだら大変だもんね？


　兵士に案内されて、見張り台に上る。階段は螺旋状になっていたので、それほど急ではなかった。

一番上に到着すると、柵の外を見てほうっと長く深い息をついていた。

　針葉樹林がどこまでもどこまでも続く深い森。この山岳地帯の向こうに違う国があるはずだが、魔獣を倒しながら侵攻するのは難しいがゆえに、ある意味国防になっている。

「壮大でしょ？」

　見張りの若い兵士が、圧倒されている私に自慢げに言った。

「雪が積もると、もっと綺麗なんですよ。凍えるからそれほど景色は楽しめないけど」

　私はふふっと笑った。

「ずっと王都にいたら、この広大な景色を見ることはなかったのね」

追放されて感謝かも？　でないと、わざわざ自分から砦に来ることなどないでしょうし。

兵士は私の笑顔を見て、みるみる顔を真っ赤にした。うわーっ、すげー。うわーっ、司令官羨ましっ！　とぶつぶつ呟いている。私は彼の持っている双眼鏡を借りた。

「スタンリー様、見えるかな」

丸い円の中に、とっつぁんとスタンリー様が並んで歩いているのが目に入った。切る木を選んでいるようだ。

砦の方では、腐った木材をどんどん外していっている。広範囲だから時間がかかりそうだわ。

なんとなく双眼鏡をずらした時、柵のすぐ外側に、信じられないものを目撃した。

「うそ、アレクサーが生えてる！」

「誰っすか？　アレクさん？」

「万能薬って言われるほど、いろんな病気に効く汎用性の高い薬草よ。まあ幻の薬草だから、本当に万能薬なのかは、ちょっと怪しいんだけど」

私は双眼鏡を見張りの兵士に返し、スカートをたくし上げて階段を駆け下りる。あれがあれば、ハドリー様の病気がよくなるかもしれない！

※　※

アレクサーという植物は、幻の薬草。薬剤師や錬金術師が、喉から手が出るほど欲しがる代物だ。

自生域や精製方法によりその効能は変わり、万病に効く種もあったとか。でも研究は進んでいない。薬草そのものが、なかなか手に入らないからである。

学院の研究室でも検証できていないので、騒がれている万能薬としての効能は眉唾物ではあるものの、研究してみる価値はあると思っている。

化学変化を起こさせるには錬金術師の力も必要なのだけど、父も私も多少は知識があるし、ぜひ欲しい！　弄りたい！　持って帰ろっと……

兵士たちからは柵から出ないでとさんざん注意されたが、領主の妻の権力をちょっとだけ使って出してもらった。

だって、図鑑でしか見たことがない薬草が惜しみなく生えているのに、薬剤師が放っておくはずないじゃないの。シャベルがあればよかったな……

私は近くに落ちていた石で、せっせとアレクサーを根元から掘り起こしていた。工兵らが柵を直しているのを横目に見ながら、伐採に行ったみんなが戻るまでは塞がれないだろうと計算する。

彼らが戻るまでに、どれくらい採れるかしら。実験は失敗を前提としてやるものだもの。何株か欲しいな。

力を込めてごりごりと地面を抉る。たちまち手が真っ黒になってしまった。土が固いっ。

ひとまずスカートをたくしあげ、そこに掘り出したアレクサーを溜め込んでいく。私は、夢中になって掘り進んでいた。

しばらくして、自分が土を掘る音とは異なる音に気づいた。

――ざりざりざりざり――

「……？」

手を止めると、音だけが続く。え……これ、私じゃない。

なんだろう。もうみんな、戻ってきたのかな。でも、馬の蹄の音でもないし、木材を引きずる音でもない気がする。

その時、見張り台の兵士が警笛を鳴らした。

え？　なに？

私は思わず腰を浮かせ、砦の柵の方を振り返る。砲口をこちらに向け、兵士らが腕を振り回して何か叫んでいる。

「奥様！　後ろっ！」

彼らが指差す方に目をやると、固いはずの地盤にヒビが入り、その裂け目がどんどんこちらに近づいてくるところだった。ヒビは私のすぐ傍でピタリと収まった。と、思ったら地面が音を立てて盛り上がる。

土くれを振りまきながら、目の前に大きな壁が立ち塞がっていた。私はそれをポカンとして見上げる。だってそれは、姿形はモグラだったから。

だけど……あれ？　大きさ違くない？　モグラってもっと小さくない？　遠近法狂ってない？

視覚が捉えたその姿を脳が解析できず、棒立ちになる私に、ヒグマほどの大きさがあるそのモグラもどきが、鋭い鉤爪（かぎづめ）のついた手を振りかぶる。

私の頭がようやく――しかしのろのろと――危険を察知する。あれれ？　明らかに、私に振り下ろそうとしていない？

走馬灯というのは、本当にあるのだと知った。やけにゆっくりすぎる死までの時間、一番に思い出したのはエイベルのことだった。

ただ、どこか安心していた。だって、きっとハドリー様もスタンリー様も、エイベルを大事にしてくれる。

ハドリー様は血の繋がりを知る前からエイベルを完全にひ孫扱いしていたし、スタンリー様はバカが付くほど真面目で、責任感が強い人だ。父親としての役目は果たすだろう。

彼がインポテンツになってしまったのは、私が原因なのではないかしら。彼の性格を知っているから、なんとなく分かる。

本来、間違ったことをしない潔癖な人は、自分の非に気づいた時、打ちひしがれるのだと思う。誠実に真っすぐ生きてきた人だからこそだ。冤罪だと知った時、私にした仕打ちを己自身が許せず、体にまで異常をきたしてしまったんじゃないかな。

私をビッチだと思い込んでいれば、罪の意識から逃れられたのだろうけど、体は正直ね。バカな人。でも、エイベルを幸せにしてくれるなら許すわ。

鋭い刃が目前に迫っていた。だから、そんな思いを馳せる時間は、本当に刹那だったのだ。私は諦めて目を閉じる。スカートからアレクサーの株がポトポト落ちた。

死を覚悟したその時だ。

ものすごい力で突き飛ばされていた。凶刃——いや凶爪がつんのめる私の体をかすめ、ゴオッと風圧が遅れてきた。直撃していたら頭を持っていかれて即死だった。地面に手を突いてぞっとして振り返ると、私と大モグラの間に立ち塞がるスタンリー様の背中を見た。彼は怖い顔で私に怒鳴ったのだ。

「柵の外に出るとか、本物のバカなのかっ！」

私のせいで肩に負った大きな傷。血が噴き出て、肉が見えるほど抉れていて、私は両手で口を覆い悲鳴を押し殺した。

「食い止めるから、早く柵の中にっ」

後ずさりながら彼が指示してきたが、魔獣を見るのも初めてならば襲われるのも初めてで、腰が抜けて動けなかったのだ。

モグラ魔獣が涎を垂らし、再びスタンリー様と私の方に突進してきた。目はどこにあるの？　そもそも見えているの？　音かしら。でも、私たちそんなに動いていない。

「嗅覚がすぐれているんだ！　そのまま素早く這(は)って逃げろ」

彼は負傷しながらも、片手で銃を撃って応戦し、魔獣を引き付けようとする。すぐに、モグラの皮が厚く弾が効かないと分かったのか、剣を抜き放ち躊躇なく相手の懐に滑り込んだ。

うそ!?　死んじゃうわよ！

モグラ魔獣は、股下に入り込んだ彼を一瞬見失ったようだった。その隙をついて、腹に突きを入れるスタンリー様。耳障りな叫び声をあげながら、魔獣が後退した。さらに一突き。何度も同じ場所に切っ先を入れている。ついに皮が破れ、血が飛び散った。

魔獣が堪らずにさらに後退したその時、スタンリー様が立ち上がって身を翻し、私に向かって走ってきた。

「やれ！」

砦に向かって手を挙げ合図した彼は、私に覆いかぶさる。砲台に並んだ砲門が火を噴いた。

魔獣用の特別な砲弾は、ただの鉄球ではなく、着弾すると同時に爆発するものだった。錬金術師たちが競い合って作っていた信管付きの、火薬がたっぷり詰まったやつ。

耳がぐぁんぐぁんする。

気づいた時には、私はスタンリー様にしがみついてわんわん泣いていた。怖かったよぉ。

離れろ、って冷たく突き放されるかと思ったのに、彼はずっと私を抱きしめて「もう大丈夫だから、魔獣は、はじけ飛んだから」と頭を撫でながら囁き続けてくれていた。

しかも怪我をしているのは彼の方なのに、そのまま私を抱っこして、防壁内に運び込んでくれたのだ。

なんでも魔獣は伐採現場の方に最初に現れ、オヤッサンに鋭い一太刀を浴びせられた後、こちらに逃げてきたらしい。

スタンリー様も赴任してから見たことがないほどの、大物だったとか。本当なら雪が積もってから出てくる種で、固い地中には潜らないんだって……

「ニーナの甘い匂いに惹かれたのかな」

こちらが赤くなるようなセクハラまがいのことを言ってきたスタンリー様だけど、本人は無自覚のようだった。どうやら本気でそう思っているらしい。私は怒るよりも、笑いの発作に見舞われてしまった。恐怖から解放されたせいだ。

何よりも、大怪我しているのに私のことばかり気遣ってくれるから、なんだか調子が狂うというか……。

ほ、絆されてなんかいないいんだからね！　彼は私をひどい目に遭わせて、傷つけた人なんだから。もう恨んではいないけど、いくらエイベルの父親だからって、棒だし。絶対に好きになることはないいんだから！

そう自分に言い聞かせつつも、お礼はちゃんとしなきゃな、と私は思った。

ケーキかなんか焼こうかな。あ……でも彼、甘いものは嫌いなんだっけ。学院時代に差し入れした時、一人だけ食べなかったしな。それにそういうことをすると、また取り入ろうとしていると思われてしまう。

さんざん悩んだけど、結局口でお礼を言っただけで、何もしないまま今に至る。

なんとなく借りを作っているようで、嫌だった。

久々の王太子

「ノワールお前、まるでミイラじゃないか」

王太子クリフォード殿下は俺を見て、開口一番にそう言った。

「春先に赴任してきたばかりだろう。辺境は恐ろしいところだな。まあ……僕を捨てて都を去るから、ガイアス神の天罰が下ったんだろう」

あちこち包帯を巻いた体を引きずるように、それでも王太子殿下を出迎えた俺。相変わらず王族らしい横柄さだ……

それでも冬を目前にしたこんな時期に、はるばる遠出してきてくれたのだ。それなりに俺のことを買っているからだろう。

「スタンリーです。もうノワールという名を持つ騎士は、別にいるでしょう？」

「新しく入れた奴は、大した腕でもないし忠誠心も薄い。こちらから専属騎士契約を解消してやったわ」

殿下の整った顔は、無表情。冷めている。

「そしたらそやつ、異母兄ローレンスと専属騎士契約を交わしよった」

昔のように荒んだ表情に戻った殿下を見て、俺は少しだけ心を痛めた。

「みんなそうやって僕のもとから去っていくのだ。君も、ローレッタも」

俺は軽く責められて苦笑いした。殿下が学院中等部の時に、専属騎士契約をした間柄だ。少し、俺に対する甘えもあるような気がする。裏切られたとでも思っているのだろう。結局、彼が柔らかい表情を見せたのは、ニーナと付き合っている期間だけだった。

「はるばるお越しいただき、ありがとうございます」

丁寧に応対しつつ、殿下を客室に案内する。殿下はしつこい。

「先程挨拶を交わした辺境伯家の当主、一時は危篤と聞いていたが、やけに元気だったぞ？」

お爺様……頼みますよ、打ち合わせ通り瀕死の状態でいてくれよ！

「ほぼ死にかけていましたが、明日の式を楽しみにするあまり、活性化してきたようです」

ごめん、お爺様。ゾンビみたいな言い方になった。

「戻ってこいよ、ノワー——スタンリー。僕が暗殺されてもいいのか？」

「風の便りで聞いております。……ローレンス王子の体調が、いよいよ回復なされたとか」

殿下は唇を歪めた。

「手のひらを返したような家臣らの態度には、反吐が出る」

しかし骨と皮のようになっていたローレンス王子が回復など、誰も想像しなかったのではないか。

「あの女のせいだ」

「え？」

「ニーナさ」

ドキッ、と口から心臓どころか膵臓まで飛び出しそうになる。

「おえぇ？」

「ローレンスは服用する薬を変えたんだよ。もう死ぬか生きるかの瀬戸際で、副作用など気にしてられないとな。学院で開発され、強すぎて認可されなかった薬を服用するようになった」

学院で開発？

「ニーナのチームが完成させた新薬だ。ニーナのやつ、錬金術科の生徒らと合同で何やら成果を残していたろ？　そのうちの一つだ」

「ですが彼女は表向き、国王の不興を買った薬剤師、ですよね？」

しかも殿下の中でニーナは、まだ暗殺未遂犯のはず。生きていた刺客らのことを俺が殿下に訴えても、彼は聞こうとしなかった。その方が己自身に対して都合がいいからだ。弱くてプライドの高い人間は、己を正当化するもんな。……俺がそうであるように。

「そんな学院生の開発した薬を、王族に使用なんて……するでしょうか？」

王太子殿下は、客室のソファーにふんぞり返るように座った。長旅で疲れたのだろう。

「そのことだが、実はそれは濡れ衣だった」

宙を見つめながら、殿下はシャツの襟を緩め深い息をつく。

「エディンプール公爵と敵対するようになって、国王陛下が真相を僕に話してきたんだ」

俺だって話したよな？　鼻で笑って取り合わなかったじゃないか。

——だが……そうか。陛下からついに。ゴクリと唾を飲み込んだ。殿下も真実を知った。いや、認めたということか。

ん？　でもそれだと、今彼はニーナをどう思っているんだ？

「まさか、ニーナ嬢をまた探したりは――」

「ニーナを追放したのは、何年前だと思っている？」

だよな……今さらだしな！　俺は胸を撫でおろす。

「残念だが行方は分からなかった」

探したのかよ！　あっぶね。石みたいに固まっている俺の横で、銀の瞳が光る。

「しかしもしまた彼女と会えたら」

殿下は唇を舐めた。

「俺はあの女を監禁し、二度と放さない」

なんでそうなる!?　殿下の愛は監禁一択なのか!?　だからあんたはローレッタ様にも逃げられたんだよ！

「お前と穴兄弟になるのも、やぶさかではない」

俺は嫌だよ！　と喉元まで出かかった言葉を呑み込む。専属騎士時代に培った忍耐力の賜物だ。

それでも食いしばった歯の間から、つい責めるような言葉が漏れる。

「彼女の気持ちは、どうでしょうね」

気づけ、自分がしたことに。ニーナの絶望をなかったもののようにするな！

「真実の愛には、障害は付き物だ」

そう言った彼のガラス玉のような瞳は、今は何も映していない。

「彼女も分かってくれるさ」

虚無だ。俺はゴクリと唾を飲み込んだ。やはり……彼はどこかおかしい気がする。まともではない。

明日の式は、何がなんでもニーナを隠し通さなければ。

※　※

辺境伯の腕に掴まり身廊を歩きながら、ヴェール越しにちらりと席の方を覗き見る。

うわぁぁぁ、本当にいるじゃない。クリフォード様だわ。本物だ。うん、相変わらず見目麗しい。ただ、貴公子然とした雰囲気は鳴りを潜め、荒んだ印象だ。出会った頃の陰が戻ってしまったのね。

ローレッタ様と何かあったのかしら――

……だったら、ざまーみろ。

ハドリー様は、神父様の前にいるスタンリー様に私を預け、すぐに車椅子に戻った。

王宮に出入りがあった私の両親は、もしかするとクリフォード様にも顔を見られているかもしれない。そう思った私は残念がる父を説得して、目立たない席で大人しくしてもらったのだ。

そして代わりに辺境伯に介添えを頼んだ。

「お世話になったハドリー様と身廊を歩きたいのです。車椅子でお願いできますか？」

するとまるで命を吹き込まれたかのように活力を取り戻し、筋トレをはじめたハドリー様。あっという間に車椅子から立ち上がれるようになったのだから、なんかもう、ハドリー様って不死身なんじゃないかな、って思うようになってしまった。

それと、私のことは愛称で呼んでほしいと、周囲を説得した。

「ニーニャンターンでお願いします。ほら、ニーナだと短くて平民感丸出しだから」

さすがに関係者からは怪訝そうな顔をされたが、ニーナだとまずい。私は別人になりきらなければならないのだ。

王都での不名誉を知られたくないのだと、両親が納得してくれたことは救いである。

「スタンリー様、ニ……ニーニャたん……ターン様？　さあ誓いのキスを」

神父様に言われ、私は我に返った。スタンリー様が、私のヴェールを上げる。列席者らが息を呑む気配がした。

「包帯で顔が見えないわ」

「砦に行った時、大型魔獣に襲われたらしいぞ」

「命は助かったとはいえ、顔に傷を負うなんて……おそろしい」

「新郎も体中包帯を巻いているから、まるでミイラ同士の結婚だな」

あちこちから同情の囁きが聞こえてきた。みんな、声が大きいわよ。

スタンリー様のおかげで、私はまったくの無傷だ。だから顔の包帯なんて本当は必要ないんだけど、クリフォード様にバレないようにするための偽装として、あの災難を利用させてもらった。

スタンリー様の包帯は本物だけどね。肩には縫うほどの裂傷があったし、砲弾の細かい破片を受けて、浅いとはいえ背中だって傷だらけになってしまったの。私を庇って……

チクッと胸が痛んだ。

と、とにかく！　クリフォード様には私が誰だか分からないはず。

私からしたら、他の面でも都合がいいの。包帯部分は口元だけ少し開けて、辛うじて話せる程度。これは身元を隠すだけにとどまらず、スタンリー様との接近を和らげてくれる。包帯越しなら、キスくらい我慢できるわ。

「誓いのキスを」

それでも躊躇してしまい、神父様から急かされた。列席者はみんな、目を逸らしている。居たたまれないらしい。

「せっかくのウェディングドレスなのに」

スタンリー様が小さい声で囁いた。なぜだか彼の方が不満そうだ。

結局、ドレスはシンプルなスレンダーラインにした。襟ぐりが大きく開いたラウンドネックは、鎖骨は出るけど谷間は出ていない。スタンリー様からアバズレだと思われない程度のデザインだ。柔らかなシフォン生地も、光沢があるシルクよりは清楚な感じだし……

まあ、仮縫いの時に仕立て屋たちから「ダメだこれ、どうやってもエロいわ」とブツブツぼやかれたけどさ……

スタンリー様、少しは気に入ってくれたのかな。キスするためにだんだん近づいてきた彼の顔を、私はじっと見つめる。包帯をしているから、大丈夫だもん。

初めは、乱暴してきた時の彼を思い出すかと思った。違った。むしろ至近距離で見る彼の端正な顔に、うっとりしてしまったのだ。

色素も泣きぼくろの位置も同じなのに、やっぱりエイベルとは違う。エイベルは尻尾を振って懐いてくる犬で、スタンリー様は初期のクリフォード様と同じく、ふてくされた猫系なんだわ。

私、たぶん面倒くさい猫系が嫌いじゃないのね。なんだか彼を、グリグリして喜ばせたくなっちゃう。

「目を閉じた方がいい」

遠慮がちに言われた。ブスッとしているくせに気遣ってくれる。

大丈夫よ、嫌悪で強ばったりしない。でも、キスするのにガン見は悪いわね。私は目を閉じた。

気配がさらに近づき、温かいものが触れるのが、包帯越しに分かった。軽く、優しい口づけ。

私のファーストキスは、騎士たちの目を盗んでしたクリフォード様とのだけど、その時のやや傲慢なそれとは違う。物足りないくらい……

離れようとした彼の腕を掴み、うっかり唇を追ってしまい……ハッと目を見開いた。顔を離したスタンリー様が、驚いて私を見ていた。

やだ、何やってるの私⁉　包帯をしていてよかった、顔面が熱い！　私ったら、雰囲気に呑まれたんだわ。そうよ、それだけ！

ただでさえ彼には、辺境伯に取り入ったビッチだと思われているのに。私は目を伏せて正面に向き直った。

助けてもらったからって、絆されたわけじゃないんだから。

そんなこんなで、式はどうにかごまかせたはず。

ところが、式が終わった後のパーティーでは、やけにクリフォード様と視線が合うことに気づいた。

あれ……ばれてないよね？　名前もニーニャンターンだもんね、今の私。じわりと包帯の下に冷や汗が浮かんだ。

北方辺境伯の屋敷は元々城塞だ。古くて造りも無骨であり、満足なもてなしができないというイメージがある。

事実その通りだし、しかも土地柄あまり安全ではない。よって式に参列した者たちは、付き合いで嫌々ながら来た近隣の知り合いばかり。そして、スタンリー様に怪我をさせた大物魔獣の話を聞きつけ、さらにドタキャンも相次いだのだと、執事のヴァーノンさんから聞いていた。

遠方からの賓客は王太子殿下とハドリー様の妹さんであるノーリッシュ伯爵夫人以外おらず、近隣の招待客も、式が終わると義務を果たしたとばかりにそそくさと退散してしまった。よって少人数制の立食形式という、簡単な宴である。

盛大にしたかったハドリー様はちょっと涙目だけど、でもほら、王族がまだいるからね！　私にとっては、一番帰ってほしい人なのに。

そのクリフォード様が、じろじろと私を……私の体を見ていたかと思うと、グラス片手に——

ひゃぁあ、近づいてきた！

しかも、金の騎士ドレ様と赤の騎士ルージュ様まで従えている。当たり前か、専属騎士だもんね。うわわわ、面が割れている人たち！

「どうも、アダムソン夫人。はじめまして。僕は王太子のクリフォードだ」

「存じておりますとも、デデデ、殿下のような方に招待に応じていただき、ココココ、言葉もございません」

「ニーニャン」

ひぃいいいっ、なに!?

「いや、可愛い名前だなと思って。呼んでいいよね？」

「ニーニャンターンと」

「え？」

ニーニャンよりニーニャンターンの方が、まだニーナから遠い気がする。顔面の包帯が冷や汗を吸って、重くなってきたように思えた。

「ギブ、ギブ、あっちに行って」

今日のワインはドッペルゲンガー産のスパークリングワインですわ。

「心の声の方が出てるよ」

クリフォード様に睨(にら)まれる。しまった！

「まあ、君が男嫌いだと、ノワール……スタンからは聞かされている。あまり新婦に近づかないよう、釘を刺されてしまった」

スタンリー様ったら、王太子殿下にそんなこと言って大丈夫かしら……。あと、私が嫌いなのは貴方とスタンリー様だけですけど。

「ドレ、ルージュ、夫人から遠ざかりたまえ」

だから、殿下が一番遠ざかってほしいんだってば！

「ノワー――スタンリーは、君にベタ惚れらしいね。驚いたよ。流れ者で元使用人、しかも顔に傷まで作ってしまったというではないか。あの黒の騎士がそんな平民女性を妻に迎えるとはね」

確かにそうだけど、もうスタンリー様の妻なんだし、失礼じゃないかしら。

ところが彼に侮辱しているつもりはないらしい。少し酔いしれたように遠くを見つめながら言った。

「彼も、真実の愛を見つけたんだね」

は？

「都ではね、格差恋愛が『ロマンチック』だとかで流行っている」

相手は王族。挨拶だけで済ますわけにはいかない。私は早く話を切り上げたかったが、大人しく彼の話を聞いていた。

「若い貴族の間で、平民のかわいこちゃんとの疑似恋愛が、一種の嗜みたいになっているんだ」

「はぁ……」

どういうつもりで、絡んできたんだろう。元黒の騎士の妻に興味があるのは分かるけど……。クリフォード様は私の目を覗き込み、フッと笑った。

「だが、本気になるのはばかげている。まさか結婚なんて――」

どこの馬の骨とも知れぬ娘が、元専属騎士の妻になることが気に入らないの？　蔑んでいるのかしら？　いちいち棘があるように思える。

「だが身分違いの愛を最後まで貫いてこそ真実の愛。僕はノワールを尊敬しているよ」

……ええ？　なに？　どっちなの？　反対なの？　祝福してくれているの？

この人、何が言いたいの⁉　冷や汗を浮かべながら、私はどうにか平静を保つ。

「僕は……間違えたのかもしれないからね」

ワイングラスを口に運び、アンニュイなため息をつく殿下。……うーん。見てくれは、やっぱりすごく絵になるな。彼一人いるだけで、辺境伯の古い元要塞が、都の宮廷のように見える。これが王族オーラってやつかしら。昔のチョロい私は、これにやられたんだわ。

「僕も昔、君のようなクリームブロンドの娘と恋に落ちたことがある。親が決めた婚約者に反発して、僕はその娘と結婚しようとしていた。若かったが、あの頃が人生で一番輝いていた気がする」

いい話にしてるけど、その娘に濡れ衣を着せて、側近に強姦させたことは忘れていないわよねっ⁉

「父の策謀により引き裂かれたが、彼女と駆け落ちするくらいしとけばよかったのかな……」

包帯の中の愛想笑いが引き攣る。

もしあなたと駆け落ちしていたら、捕まった時は私だけ投獄されて、あなたはお叱りを受けて終わりなんじゃないかしら。いろいろモヤるけど、ぐっと我慢した。

「まだお若いじゃないですか。素敵な王太子妃もいらっしゃいますわよね」

「ローレッタなどもう知らぬ」

「へ？」

ギラッと睨まれた。

「あの女は、頭がおかしい。まるで未来を予知しているかのように奇妙なことを口走るし、いつも何かに怯えていた。離婚してください、離婚しなければ私は殺される、とかなんとか喚き散らしていたしな」

ローレッタ様がクリフォード様と離婚したがっている？

「確かにローレッタの予言はよく当たった。だが、僕と別れたいだなんて、許しがたい。許せるわけがないではないか」

ギリギリと歯を食いしばっているクリフォード様。その様子は、ひどく苦しそうに見えた。

「彼女は僕を捨てた。僕にはやはりニーナしかいなかったんだ。草の根を分けてでも探し出してやる。あと、ついでにノワールを復職させてやる」

「はわわわわ!?」

ええ？　なんでスタンリー様を連れ戻そうとしているの!?

「失礼、殿下」

来賓客に取り囲まれていたスタンリー様が、こちらにやってきた。

「俺の妻は、口下手でして――」

クリフォード様はスタンリー様に構わず私に話しかける。

「君は、ノワールが王都時代に遊んでヤリ捨てした娘だったって、本当かい？　子供がいると聞いたが」

だから言い方！　ちょっと無神経なんじゃない？

私はイライラしてクリフォード様を睨んだ。王都時代に、私の心を弄んで捨てたのはあなたでしょ。

グイッと、私の腕を引き寄せるスタンリー様。私はびっくりして彼を振り仰いだ。

「本気でしたよ」

ノワール様はそのまま、三角巾で吊ってない方の腕を、私の腰に回す。

「あなたも、本気だったでしょう？」

ゾクッとするような冷気を帯びた声で、切り込むようにスタンリー様は言った。

「愛していたでしょう？」

それを受けて、クリフォード様の意地悪そうに歪んだ顔が凍りついた。銀色の瞳に傷ついたような色が浮かび、彼の今までの態度が虚勢であったことを知る。

しばらく、緊迫した沈黙が続いた。私はハラハラしながら対峙する二人を見守った。やがて、クリフォード様が口を開いた。

「……そうさ。だがもう、取り返しがつかない。僕は……彼女にひどいことをした」

私は驚いて、まじまじとクリフォード様の綺麗な顔に見入った。理性の色が、今までの憎悪に満ちた表情を打ち消す。

「分かっているさ。ローレッタが去ったのは、ガイアス神の罰だ」

最後は投げやりな言い方になったけど、その目はもう常軌を逸してはいなかった。

「跳ね返ってきたんだよ、自分のしたことがね」

跳ね返るって……。だったらさらにクリフォード様は、私に命じられたスタンリー様から強姦されなきゃダメよ?

でも次の言葉に、私はすっかり度肝を抜かれてしまった。

「もう一度、もしニーナに会ったら、僕は……僕は謝罪したかった。許されることではないと、分かっているが」

固まっている私の横で、スタンリー様はやっと微笑んだ。そしてチラッと私に目をくれてから、クリフォード様にこう言った。

「よかった、その言葉を聞かせ――聞きたかったんです」

※　※

俺はニーナが王太子殿下と接触してしまったところを見て、祝辞を述べに来ていた招待客の輪から急いで抜け出した。殿下は俺の妻になど興味ないだろ？　なんなんだよ！
ドレとルージュが懐かしそうに寄ってくるのも、ヒラリと躱（かわ）した。少し歩くだけで肩と背中の傷が痛んだが、強引に二人の間に割り込んでやったのだ。

それが正解かは分からない。殿下が近づくのと、俺が近づくの、どちらが彼女にとって苦痛なのだろう。

ニーナの体つきや声で、殿下に正体がバレていないことを祈った。

「君は、ノワールが王都時代に遊んでヤリ捨てした娘だったたって、本当かい？　子供がいると聞いたが」

バレてはいなかったが、妙な言葉をかけた殿下。それを聞いた時、俺は殿下の悪意を感じた。
ニーナは遊び相手ではなかった。むしろ俺にとってはそれ以下。処罰した罪人だ。
殿下は、彼女がニーナだと知らない。そうではなく、もし本当の元カノだったとしたら、今の言葉はさぞ傷ついただろう。殿下は俺の妻を傷つけるために言ったのだ。
思わずニーナの腰を抱き寄せていた。もちろん彼女は俺の元カノなどではないから、侮辱にはならないのだが。

ふと殿下の瞳の中に、妬ましげな、傷ついたような卑屈な感情を見出してしまった。ああ、結婚が羨ましいのか。新婚カップルを引き裂こうとするなんて、相変わらず悪趣味なやつ。

だけど、殿下だって一度は真実の愛を見つけたのだろう？　少なくとも最初は、そう思ったのだろう？　ただ殿下の心がローレッタ様に移り、ニーナへの愛が冷めただけ。これは、男女間においては仕方ないことかもしれない。

殿下の罪は、陛下によって仕掛けられたニーナへの罠に、敢えて乗っかったことだ。おかしいとどこかで気づいていながら、彼はそれを信じ込んだ。一度は真実の愛を誓った相手を裏切る自分を、自分自身が許せなかったから……

殿下は、自分が綺麗でいたいがために、ニーナを極悪人にした。あくまでも自分が被害者で、傷ついた男になりたかったのだろう。

俺自身がそうだったから、分かる。

真実の愛まで否定されれば、ニーナがあまりにも報われない気がした。

王族だからとはいえ、許されることじゃない。嫉妬されるような間柄ではないが、ニーナに謝ってほしかったのだ。


披露宴が無事に終わった、その日の夜。

俺は違う意味で荒れた殿下から「僕の酒が飲めないというのか」と脅され、さらにドレとルージュにも否応なく飲まされ、珍しく酔っていた。

これならニーナの悩ましい夢も見ず、泥酔して深く眠れる、そう思った。

ところが、宴の後の、使用人がせわしなく行き来する大ホールで、俺とニーナは祖父と大叔母に捕まった。そして、衝撃の一言だ。

「は？　初夜？」

俺は二人の顔を交互に見てから、言われた言葉を繰り返した。ニーナも包帯のせいで表情はよく分からないが、おそらく同じ反応だろう。

「ええスタンちゃん。わたくしはしばらくお兄様の屋敷に滞在するけど、王太子殿下は明日お帰りになるそうなの。困ったわ」

大叔母のノーリッシュ伯爵夫人は祖父の妹で、母と俺が都で世話になっていた人だ。今は長男夫婦のもとで隠居している。

来る時は殿下の一行と共に来た大叔母だが、彼女はしばらく田舎の空気を楽しみたいのだとか。しかしながら、殿下は長く王都を空けるわけにいかないので、とんぼ返りなのだ。でも、それの何が問題なのか、全然分からない。

むしろさっさと帰れ。

「せっかくだから、初契（ちぎ）りの証人になっていただこうと思ってな」

今度は祖父が髭を触りながら言う。大叔母も大きく頷いた。

「伝統に則って式の日の夜。つまり今夜よね、スタンちゃん」

老人二人はキャッキャウフフと肘で突き合っている。俺は思わず大声を出していた。

「初契（ちぎ）りって、俺たち初めてじゃないんですよ!?」

それから口を片手で押さえた。おそるおそる、ポツンと立ち尽くすニーナの様子を窺う。やはり包帯を巻いているせいで、彼女がどんな気持ちで聞いているのか分からない。

「ああ。もちろん今さらだから、形式だけじゃよ。一晩一緒に寝るだけ。殿下はお疲れだから、形式通り扉の前に座らせたりはせんがね」

殿下と扉一枚隔てた場所で初夜⁉　何そのおそろしい状況⁉　ニーナに嫌なことを思い出させてしまったに違いない。だって、まるであの時を彷彿とさせるじゃないか！

「殿下が発つ前に、サインだけもらおう」

「いやいやいや、それでもまずいでしょ！　だって一緒に寝たら――」

「お前はインポテンツだもんな。意味がないことだと知っとるよ。ニーナたんも包帯仮面だし」

「――っ！」

俺は絶望した。違うんだ。いや、違わないけど違うんだ。俺は、ニーナにだけバリ勃ちなんだ！　なんて……言えるわけない！

ニーナは寄ってきたエイベルと呑気に遊びだして、特に何も言わない。しかしきっと内心は、反吐が出そうになっているに違いない。

「お互い怪我をしていて乗り気じゃないのは分かるが、伝統的な儀式だし、せっかく王太子殿下がいらっしゃるのだ。王族のサインがあれば箔がつく」

「そんな……形式だけなら、無視してよくないですか？」

俺が冷や汗をダラダラ垂らしながら言うと、祖父は軽蔑したように俺を睨んだ。

「ニーナたんは、お前の妻じゃぞ！　本来、証人の立ち会いだいるほど重要な初夜じゃ。それを省くなんぞ許さんっ。これだから今どきの若者はっ」

「しかしニーナが嫌がるかと……インポテンツなんかと夫婦になることすら、嫌だったろうし――」

「大丈夫ですわ」

エイベルをこちょこちょしていたニーナが、朗らかに言う。

「私は……別に構いません」

「ほらね、嫌に決まって――ぇえええええ!?」

そうか、インポテンツだと思っているからな。自分が安全だと思ってやがる！　まずい、まずいぞ。

ちなみにニーナは確かに今は包帯仮面だが、包帯の下は無傷である。王太子殿下が帰途につき、ほどよく時間が経った頃に、包帯を取るつもりだとか。

アレクサーで作った塗り薬がすごく効いて、あっという間に治癒したことにするつもりらしい。

問題はそこじゃない。ニーナの可愛い顔を見ながら一晩過ごしたら、詰む。

いや、顔が包帯でぐるぐる巻きでも詰む。俺はニーナの気配だけで勃起する自信がある。妄想力が豊かすぎるから。

まずいぞ。

※　※

構わないと思ったのは、もちろん彼がインポテンツで、しかも大怪我しているからだ。何もできないだろうと高を括っていたせい。

でも……彼と一緒にいることが、それほど不快ではないということもあった。

一つの部屋に二人きりでいることが抵抗ないくらいになるなんて、これが慣れというものなのだろうか。

それとも、時の経過で心の傷が薄れ、昔の私が戻ってきたのかもしれない。人が大好きだった頃の私に。

昔は、人との距離感がおかしいとか、赤の他人に対して無防備すぎるとか、父からよく怒られたものだ。

学習したはずなんだけどな。しかもスタンリー様は、私に学習させた側の人よ？

魔獣を退けて私を守った彼の姿が浮かび上がった。かぁっと顔が熱くなる。

ちょ、ちょっと！　かっこいいなんて思ってしまってはダメよ、彼が私に何をしたか忘れたの？

それに、あれは私じゃなくても助けたのよ、仕事だもの。そうよ、やっぱり無理よ、一夜だろうと彼と同じ部屋で過ごすなんて――

「そんなことは俺にはできませんっ！」

口を開いて撤回しようとした私より先に、スタンリー様がきっぱり拒絶する。彼の方があまりにも動揺するものだから、よほど私と一緒にいたくないのだと推測された。

毛嫌いされているのを感じ、ズキッと胸が痛む。私は嫌なことはもう忘れたいのよ。フンだ、自意識過剰ね、いつまでも気にしすぎなのよ。私はもうあなたなんて怖くないもの。平気なんだからね。

「スタンリー様」

私は彼に身を寄せて、そっとその耳に囁こうとした。ビクッと彼が離れた。

もうっ！　まるでこっちが彼を強姦したみたいじゃない！　それともやっぱり私の距離感がおかしいのかしら……

「ハドリー様が納得するよう、今夜は一緒の部屋にいましょう？　その後は、お互い虚しいからとか適当に理由をつけて、寝室を分ければいいわ。ね？　一晩だけよ」

スタンリー様は、ごくりと喉を鳴らしてから私をじっと見つめ、渋々頷いた。

「あ……ああ、分かった。君が大丈夫なら」

「それに明日の朝になったら、クリフォード様に証明書も書いてもらえるし」

「ニーナは……辛くないのか？」

私は目を丸くした。どうやら気遣ってくれているようだ。思わず笑顔で答えていた。

「私、けっこうメンタルが強いみたいですね」

学院時代にローレッタ様やあなたから、いっぱい嫌がらせされてきたからね！

スタンリー様はなんだか惚けたように、私の顔をしばらく見つめていた。

湯浴みまでエロイーズが手伝ってくれた。砦にも一緒に行ったので、エロイーズは私の顔に傷がないことは知っている。

彼女には、列席者に顔を見られたら緊張でお漏らししちゃいそうだから、と適当な嘘をつかせてもらった。

「そっかー、まさか坊っちゃまがインポテンツ……。しかもその状態でセカンド初夜か。辛いわね、セックスできないなんて」

髪を梳かしながら呟かれ、私はびっくりする。

「どうして？　むしろよかったわ。私、あんな痛い思いはもうしたくないもの。跡継ぎのエイベルがいるんだし、二度とすることはないと思うわ」

エロイーズは呆れる。

「王都時代のスタンリー坊っちゃまって、よっぽど下手くそだったのね」

「え？」

「え？　って、セックスよ。普通は気持ちいいものなのよ。ちなみに私、前の旦那は自分本位で下手だったから離婚したの。今の旦那は最高にうまいわ。ゴールドフィンガーの持ち主なの」

ドヤ顔で言われて、私は困惑してしまう。愛し合っている普通のカップルにとっても、最大の試練はセックスだと思っていた。

挿入された時のあの屈辱と、引き裂かれるような痛みは、今も覚えている。あんなの、いくら熱烈な恋をしている仲だって、我慢できるものではない。

前のことはエイベルを得るための代償だったとしても、もう二度とごめんだった。だから、インポテンツでいいのだ。

「ねえ、このネグリジェじゃなきゃダメなの？」

私は自分のナイトドレスを引っ張ってみせた。

「寒い？　暖炉の火、もっと強くしとこうか？」

「いや、そうじゃなくて」

スケスケなんだけど……。いくら相手がインポテンツでも、私が恥ずかしいし、淫乱とかビッチとか罵られそうで嫌なんだけど。

「貴族の初夜の伝統らしいわ。ベビードールだけって手もあるけど、どっちがいい？」

ぺらっと見せられたのは、これまたスケスケの下着セットだった。

本当に初夜の伝統なの⁉　エロイーズ、なんか半笑いなんだけど、面白がってない？

「まあ、どうせインポテンツだし、大丈夫よね」

「そうね。あ、でももし……もしもよ？　ニーナの方がこう……なんかムラムラしてエッチしたくなったら、この方法を試してみなさいよ。勃つかもしれないわよ」

いろいろ伝授されたけど、なんで私がムラムラ⁉

するわけないったら！


ところが寝室の扉がノックされ、いざスタンリー様が入ってくると、私はなんとさっそくムラムラしたのだ。

だって、スタンリー様はガウンを羽織っているだけだから、裸が見えるの。もちろん、包帯はしてあるのよ？

だけどその間から、少し盛り上がった硬そうな胸、バキバキに割れたお腹まで、チラチラ見えているのよ。

思ったのだけど……負傷した男性って妙な色気みたいなものがあるのよね。不本意ながら、心臓がバックンバックンしてしまう。

「ごめん、待たせたかな。傷を保護しながらだと、湯浴みが遅くなるんだ」

まじまじと彼の胸元を凝視していた私は、我に返る。

「あぁぁあ、いえ！　ぜんぜん待ってませんけど何か!?」

動揺のあまり声が裏返った。見ていたことを悟られないよう、慌ててそっぽを向く。

私の方は今は包帯を取ってしまっているから、顔が赤くなったのがバレたかも！

大丈夫かしら。ランプの数をちょっと減らして、ムーディな薄暗さにしてあるし、大丈夫よね？

「ニーナが調合した薬を塗ってもらったから、痛みが和らぐ。君は本当にすごい薬剤師なんだな」

素直に褒められて、よけい動揺してしまう。

な、なによ、いつもみたいに憎まれ口を叩けばいいのに。

「ウェディングドレス、似合っていたよ。包帯は残念だったが……」

やっぱり優しい……調子狂う！

「さ、寝よう」

私がドキッとして振り返ると、彼はソファーにうつ伏せになっていた。

「ちょ……何してるんですか？」

「何って？　寝るんだよ」

一応、領主様の孫だけど！　そして私は元使用人。

「おかしいでしょ。私がソファーで寝ます」

「そんなことはさせられないよ」

赤い瞳が呆れたようにこちらを見る。

「婦女子をソファーに寝かせて自分はベッドだなんて、騎士道に反する」

「騎士道は婦女子をソファーに寝かせるのはダメで、強姦するのは奨励されているんでしょうか？」

スタンリー様はぐっと黙る。溜飲が下がると思ったけど、ちょっと可哀想になってしまった。

知っているわ。専属騎士は、主の命令が第一なのよね。

「いいから！　背中が痛いんでしょ？　そこだと寝づらいと思います」

私は枕や円筒状の長いボルスタークッションを並べて置き、その真ん中をポンポン叩く。

「これなら仰向けに寝られませんか？」

「ああ。しばらくはそうやって寝ていた」

左腕はまだ、肩の傷が痛くて動かせないみたい。でも砲弾の破片を受けた背中の傷の方は、思ったより浅いようだ。普通に仰向けに寝たとしても、体重をかけたり、変に擦ったりしなければ痛くはないらしい。

「こちらへ」

もう一度、スタンリー様を招いた。彼は躊躇ったのちに、すたすたベッドにやってくる。

「レディをソファーで寝かせるのは、腑に落ちない」

「あら、私をレディ扱いだなんて」

クスッと笑って、私は嫌味を言った。

「アバズレなんじゃないですか？」

スタンリー様の顔が、ランプの灯りの下で強ばった。

「ごめん」

低い声。心底後悔していそうな響きを含んでいた。

「今までの、俺の無礼を許してくれ。本当に、もうそんなこと言わないから」

それからベッドに上がると、今度は彼が横を叩いた。

「手は出さないと約束する。君もここに寝てくれるか？　五、六人は寝られる広さだし、離れていれば大丈夫だろう」

私は満足して頷いた。ちょっと虐めすぎたかしら。

「いいわ、でもスタンリー様も、私が眠ってから勝手にソファーに移らないでくださいね」

いたずらっぽく言った。横柄なんだか謙虚なんだか、よく分からない人だからね。

スタンリー様も、やっと表情を和らげた。

「分かったよ。さ、もう寝よう」

優しく促されて、私はベッドに座った。スルッとガウンを脱ぐ。そのまま両腕を上げて大きく伸びと欠伸をし、ベッドに仰向けに転がった。

ふと目の端が、スタンリー様を捉えた。彼の目が、零れ落ちそうなほど見開かれていることに気づく。

「？」

転がっている私を見下ろし、固まっていたスタンリー様が、吠えた。

「な、なんだ、その破廉恥な格好は！　君はアバズレなのか⁉」

※　※

修道僧になろう。そう俺は決めた。

心を僧侶がごとく、清らかに無心に保ち、ただ睡眠だけをむさぼる。なんなら一晩中ずっと、ガイアス神への祈りを唱え続けてもいい。

そうすれば、この可愛い小悪魔に堕落させられることもなく、無事一夜を終えられる。

そう、犬か猫だ！　ペットと一緒にいる気持ちになろう。

彼女は無防備そのもの。俺のことを信じきっている。

元王室騎兵隊の騎士は、邪（よこしま）な気持ちを抱いてはならない。自分が過去にした仕打ちを思えばなお、彼女の信頼に応えるべき、そう思った。

ところが彼女がガウンを脱いだ途端、頭と股間に激流のごとく血液が流れ込んだ。

仄かな橙色の灯りに照らされた薄絹の中に、あちこち丸みを帯びたなまめかしい肢体のシルエットが浮かび上がったのだ。

まろやかなふたつの丸みの先端にあるツンと尖った乳首は、隠す意味を成していないスケスケの布を押し上げているではないか。

「君はぜんぜん変わってないな！」

彼女はどう見ても悪魔だ。男を堕落させるためにやってきた、地獄の使者。でなければ、俺にこんな苦行を強いるはずがないではないか！

絶対わざとだろ、無防備を装って誘ってるんだ！

「くそ、無理だっ」

俺は吐き捨てていた。こっちは酒だって入ってるんだぞ！

「君の隣で寝るなんて、絶対ごめんだ！」

ソファーに移ろうとしたその時、ランプに照らされたニーナの頬に光るものを見て、俺は石になった。

「なによ」

つるつると可愛いほっぺに涙が零れ落ちる。あれ？

「お……い？」

「私、アバズレじゃないもの」

あっ、と俺は口を押さえた。さっき誓ったばっかりじゃないか。彼女に二度とそんなことを言わないって。

だって……こんなエロリスト、俺は知らない。
娼婦のようなどぎつさもなく、明るくてきゅるんと可憐なのに、それでいて男に媚びまくってい
るように見えるエロい女を、俺は他に知らないぞ。こんなの、全世界の男どもが夢見る、理想の妄
想彼女じゃないか。
それでもしくしくと顔を覆って泣きだしてしまったニーナに俺はオロオロし、ついには後悔のあ
まり、怪我をしていない方の手で自分の頬を殴りつけていた。
ガツンと鈍い音がしたのに驚いたのか、ニーナが濡れた顔を上げた。みるみる腫れてきているだ
ろう俺の頬を見て、目を丸くしている。
明るい太陽の下で見たかったな……。ニーナはそっちの方が似合う。若草色の瞳には、涙より陽
気な輝きの方が似合う。
「俺が――駄目なんだ」
俺は、観念してガックリ項垂れた。俺が煩悩まみれだからいけないのに……。すぐに顔を上げて、
きっぱり言う。
「ニーナがアバズレなんじゃない。俺の問題で――」
その時、ニーナの視線が俺の顔の位置にないことに気づいた。目線は、下に落ちている。正確に
は、俺の股間に。
俺がその視線を追うように下を見ると、俺の黒の騎士が、ガウンを押し上げるようにビヨーンと
立ち上がっているのが目に入った。

※　※

私は不自然なほど持ち上がったガウンを、まじまじと凝視してしまった。

「あの……」

「っ――いや、これはだなっ……なんていうか、ハハハッ！　君に挨拶しようとしている、股間の小人さっ」

何言ってるの？

スタンリー様はごまかすようにバタバタ両腕を大きく動かした後、突然肩を押さえて呻いた。

そりゃそうよ、怪我してるんだから。傷が開いたんじゃないの？

スカした美形の彼が、脂汗を浮かべて目を泳がせている。その様子は、私に焦りと余裕のなさを伝えてきた。こんもりした股間を見つめ、私は冷たい声で聞いた。

「インポテンツじゃ、なかったんですか？」

スタンリー様はさんざんあーとか、うーとか言っていたけれど、ついに観念したようだった。

「インポテンツなのは本当だ。ただ……君にだけ勃つんだ」

「……は？」

諦めたように、彼は肩を落とす。

「王太子殿下に命じられたあの後から、君以外で勃たなくなった。アバズレとか言ったが、本当は分かっているんだ。君が悪いんじゃない。俺が君を見ただけで勃起する変態なだけで、全部俺が悪い」

私は涙を拭って、今度は彼の顔の方をまじまじと見つめる。

「私にだけ勃起している？」

「そうだ。……気持ち悪いよな。それに君は今、狼と一緒にいるようなもの。非常に危ない状態なんだ。だから、俺はソファーで寝なければならない。なんだったらギチギチに縛ってくれてもいい」

怪我人を縛れって？

「でないと、君に触れたくなってしまうから」

彼の絶望したような顔と股間を交互に眺めていた私は、自分の中にある女の自尊心がちょっとだけ刺激されたことに気づいた。彼の答えに満足してしまったのだ。

そうか、私にだけ勃つんだ……

なんだろう、くすぐったい気分。嫌悪されていると思ったけど、私にムラムラしているのが悔しくて、意地悪していただけだったんだわ。

「ふーん。そうだったんですねー」

唇に手を当て、目を細めて彼の顔を覗き込む。

なによ、私のフェロモンにメロメロなんじゃない。

「あの黒の騎士様がねぇ……」

優越感で愉快になってしまった。顔を背け、ますます小さくなるスタンリー様。アソコは大きいままなのに……

ニヤニヤが止まらない私。

「へ〜、私に触りたいんだ〜」

ふと、いいことを思いついた。

「どうしてもって言うなら、触らせてあげないこともないですよ？　魔獣から助けてくれたお礼です」

からかうつもりで、手を差し伸べる。さんざん罵られてきたことへの仕返しよ。まごついて真っ赤におなりなさい。

「借りを作るのは嫌なので」

さあ、私の白魚のような御手よ。うやうやしく取って口づけしてご覧なさい。怒らないから。

ところがスタンリー様は、まごつくどころかギラッとした眼光を私にくれてきた。睨（にら）みつけるように。

怖いわね！

「じょ、冗談よ――」

「いいのか!?」

あれ、予想に反して食いついてきた！

「本当に胸に触れてもいいのか!?」

胸⁉　胸って言ったっけ？

私は後に引けなくなり、勢いに気圧されるように頷いていた。

「え、ええ……でも」

私の方がまごついてしまう。

「……あの時は、すっごく乱暴に握りしめられて痛かったし――」

エロイーズの言葉を思い出した。

「スタンリー様って、ぶっちゃけド下手くそなんじゃないですか？」

咎めるように言ってやる。スタンリー様の瞳の奥に罪悪感を見つけ、嬉しくなった。よし、いじめてやろう。あの時の復讐だわ。

「だけど、命を救ってくれたわけだし？　だからまあ、ちょっとだけ触らせてあげてもいい――あぁっ！」

動かせる方の右手が、私の乳房をわしっと包み込んでいた。

「何回だ？」

「え？」

「何回揉んでいいんだ？」

揉んでいいなんて言ったっけ⁉　あと、なんだか手負いの獣みたいな形相だわ。

私はさらに怖くなった。でも、今さらやっぱやーめた、なんて言える雰囲気じゃない。まさかこんなに食いつくとは思わなかったのだ。

「あの……三回」

「もう一声」

「えぇ？」

赤い瞳が食い入るように私を見つめるので、私は顔を背けて掠れた声で言った。

「五回」

くりん、と大きな手がまるい二つのふくらみを撫でまわす。しかも両手なんだけど。左手も動くの？

痛くないの？

「ほ、本当に、痛くしないでください。優しくして」

いきなり強く掴まれるんじゃないかと、ビクビクしながら囁いていた。以前のことを体が覚えていて、つい身構えてしまうのだ。するとスタンリー様は辛そうに顔を歪めた。

「あんなこと、二度としない。優しく触るよ」

彼の手が、言葉通り羽のように軽やかなタッチで、薄いナイトドレスに包まれた乳房をしばらく揉みほぐしていた。あのいつも眉間に皺を寄せているスタンリー様が、恍惚（こうこつ）とした至福の表情を浮かべている。

「まずは一回」

長いわね！　あと、なんか数え方の定義がおかしくない？　手を放さなきゃ「一回」なの？

やっと手を離した彼の爪が布地を押し上げる突起に引っかかって、私は小さく喘いでしまった。

その声を聞いて、真紅の瞳が熱く潤んだ。

なんだろう。乳房から熱い手が離れた途端すっと冷えて、心細いというか……なんだか物足りないような？

「次はどこを触っていい？」

「え!?」

「五回、いいんだよな？」

私は困ってスタンリー様を見上げた。胸だけのつもりだったんだけど……いやそもそも胸ですらなかったはず……

その時スタンリー様の左肩が目に入り、私は眉を顰（ひそ）めた。

「血が滲んでます。肩の傷、開いちゃいますよ」

「人生において、男には流血や苦痛などものともせず、成さねばならぬ時がある。今がその時だ」

「明らかに、今は違いますよね!?」

「じゃあ、左手は使わない」

スタンリー様は縋（すが）りつくような目でそう言ってから、私の唇を見つめる。……なんか必死だな。

「次は、口元に触るよ？」

「……はい」

スタンリー様が顔を近づけてきた。

「いやいやいや！　え？　何する気ですか？」

私は背を仰け反らせながら彼を止めた。

「左手はだめなんだろ？　だから俺の唇で触るんだ」

私は激しく動揺した。しかし、確かに手を動かさないで触るとなると、顔を動かすしかないのかしら、と思いはじめていた。それに胸を触らせてしまった後だ。自分の中で「触る」ことへのハードルがかなり下がっていたのだと思う。

「わ、分かりましむちゅぅう」

唇を押し当てられていた。彼の薄いかさついた唇が、スリスリ私の唇を触っていたが、やがて当然のようにパクッと食らいついてきた。

「っっっ!?」

触るっていうか、もうこれキスじゃないの？　えええ？　これって唇で唇を触っているだけ!?

彼はハムハムと唇の感触を堪能した後、唇を割り、己の舌をねじ込んできた。舌で触っているの？

探索するように口内を這い回っているけど、これ触っているの？

ああ……粘膜が擦れて気持ちいい。私の小さな舌を、彼のやや肉厚な舌が柔らかく絡め取り啜った。爽やかなミントの香りが……なんだか……なんだか……

「ふむむ！」

息が苦しくなって、プハッと口を離した。ハァハァ荒い息をつきながら、唾液まみれになった唇を拭い、彼を睨んでいた。

「酸欠で死んじゃいます！」

「鼻で息をするんだよ」

スタンリー様はクスッと笑うと、すぐ真顔になり提案してきた。

「三回目に触る場所は、足でもいい？」

「え、今のまだ二回目？　長――きゃっ」

トンと押され、私はベッドにひっくり返った。呆然と彼を見上げてしまう。

「足を触るぞ」

右手で片足を持ち上げ、爪先を口に含むスタンリー様。指の間に舌を絡ませるように、ぬるり、ぬるりと一本ずつ足の指をねぶってくる。そのまま足首からふくらはぎまで舐め進んでくるではないか。私は声を必死に抑えた。くすぐったいのではない。なんだか妙な感じで、また変な声が出そうだったからだ。

ちょっと待って、どこまで舐めるの？　足って、脚？　太腿の付け根までが足なの？

彼は舌を離さないよう気をつけながら、スケスケのネグリジェを少しずつずらす。腿を唾液で汚す作業を上に上に進めていった。

ついには膝裏を掴んで持ち上げられる。スタンリー様が内腿も丹念に舐め進めてきたので、自分の両脚の奥の違和感に気づかなかった。その時、ナイトドレスが捲れ上がった。やっぱり付け根まで舐める気だわ！　スタンリー様が息を呑むのが分かった。脚の間で、彼のしゃがれた声が響く。

「下着が――濡れている」

「やっ！　見ないでください！」

喚いて私は両脚を閉じる。

「もうおしまいです！」

スタンリー様はじっと私を見つめる。少し間があって、おもむろに問いかけてきた。

「でも、あと二回……どうしたらいい？」

もう十分だわ。変なところも見られちゃったし――洗ったばっかりなのに、やけにぬちゃぬちゃする。これ以上触られたら……っていうか舐められたら、私がおかしくなっちゃう。

なんか悔しい。みだらな気分にさせられて悔しい。

――あ、そうだ。

「私が触ります。それで一回チャラにしましょう」

スタンリー様は危険な色を孕んだ赤い瞳を細め、私を訝しげに見据える。戸惑っているように見えた。

「あのね、エロイーズに教えてもらったの。スタンリー様がインポテンツだって言ったら――」

「使用人にまでばらしたのか」

スタンリー様が片手で顔を覆う。そうか、インポテンツは男の股間に関わることだものね。

「沽券だ」

あ、はい。そうですね。なんか今思考を読まれたような……

「ごめんなさい、でもいいこと教えてもらったの」

むくっと起き上がって、今度は私がスタンリー様を突き飛ばした。背中から倒れ込み、悶絶している。おっと、傷を忘れていたわ。慌ててクッションを両脇に置いてやる。

これで傷口に当たらないかしら。だって、仰向けじゃないとできないものね。

「失礼します」

私はぺらっとガウンを剥いで、そそり立つ黒の騎士を露わにした。一瞬怯んでしまった。

私、コレを挿れられたの？　そりゃ痛いに決まっているわよ。胎児の頭とどっちが大きいかしら。エイベルを産んだ時は無我夢中で、捻り出した感じだったわ。入れるのと出すのでは、違うのかしら。

スタンリー様がビクッとなったのが分かった。私がおそるおそるそれを手で掴んだからだ。

太っ！　どこが小人よ。これは巨人と言った方がいいんじゃない？

他の人のを見たことがないけれど、これより大きかったらズボンにしまっていられないわよね。

「待て待て待て待て」

激しく動揺しているスタンリー様だ。

「そこを触るのか!?」

「エロイーズ直伝の触り方をしたら、どんなインポテンツでも勃つって言ってました」

「エロイーズは一体どんなゴッドハンドなんだ！　だいたいもうバリ勃ちだから——うわぁああっ」

ずりっと黒の騎士を両手で擦ってあげた。

エロイーズは木製の張り型を持ってきて練習させてくれたけど、力加減がやっぱり分からないな……。こんなに弾力なかったし。

手を輪っかにして、無心に上下させる。ずりっずりっずりっ。笠のようになっている部分は念入りに。スタンリー様はしばらく無言だったけど、やがて息を荒くしてきた。たくましい胸が、軽く走った後みたいに上下している。気持ちいいのかな？　よく分からないや。

「よし」

私は髪を耳にかけて、彼の黒の騎士に顔を近づけた。息がかかったことで異変に気づいたスタンリー様が、首を上げて私の様子を見た。

ちょうど私が口を大きく開けて、黒の騎士様にかぶりついたところだった。

「ちょっ、なにやってんの⁉」

「えろいぃじゅふぁ、ほうはれって」

「口に入れたましゃべるんじゃない！」

唾液が零れそうになり、私は口を閉じて吸い上げていた。

「かはっ」

苦しそうなスタンリー様を見て、やはりやり方が間違っているのかと不安になる。

全体に舌を絡めながら、裏側の筋を重点的に攻めてみた。赤黒い血管が浮いて、痛そうっていうか、はち切れそうだわ……。唇をすぼめ、何度も尖端を行き来させた。

「ニーナ、ニーナ、このままでは俺は――」

スタンリー様が腰を突き上げる。ぐいっと喉の奥まで突っ込まれ、私は思いきりえずいてしまう。

「うぇぇええ」

「あ、悪い」

すぐに腹筋で起き上がるスタンリー様。

「ちょっと後ろを向いていてくれ」

言われて、首を傾げながら背を向けると、なにやらごそごそ背後でやっている。はぁはぁ荒い息がしたと思ったら、うっと発作でも起こしたような声がした。

私が振り返ろうとすると、なんとも青臭いニオイがして、思わずそこで固まった。

えっと？　何をやっているのかしら……。怖くて振り返れない。

「よし、もう大丈夫だ」

スッキリ晴れ晴れしたスタンリー様の声。やっと振り返ると、けだるげな彼の表情にドキッとした。うっすら汗ばんだ胸元が、オレンジの灯りを照り返している。

やだ、色っぽい。下腹部がきゅっとしまり、じわっと下着が濡れるのが分かった。

スタンリー様はタオルをまるめて床に落とすと、クッションに肘を突いてゆったり寝そべり、とろんと優しい眼差しで私を見つめる。

……さっきよりずっと余裕がある。なんで満足げに私を見ているの？

イラッとした。スタンリー様の黒の騎士を弄(もてあそ)んでやっている時は、私が主導権を握っていたのに。

今、余裕がないのは私の方だった。

スタンリー様は私を見つめたまま、甘い笑みを浮かべる。

「あと一回残ってるけど、口で触ってないところがひとつあるよな」

スタンリー様の視線が明らかに私の胸に落ちている。なんだか丸裸にされているみたいな気分になり、私は思わず両腕で己を抱きしめていた。

「君は、命を助けた報酬として触らせてくれているわけだろ？　その……俺からすると、五回と言われたら五回遂行しないと、気持ち悪い。契約は遵守すべきものだから」

生真面目な彼のことだ、本当にそう思っているのだろう。

「そ、そうよ。借りを作りたくないもの。でも、なんだか私のオッパイをペロペロと舐めそうな気がするわ」

スタンリー様の肩がギクッと強ばる。やっぱり、そうしようと思っていたわね？

「もちろん、君が嫌ならしない」

ものすごく残念そうにスタンリー様が言った。なんだか涙目なのは気のせいかしら……

ちょっと優越感を持ってしまう。ふーん、そこまでペロペロしたかったの？　あんなに私のこと蔑んでいたのに？　まあ、土下座して拝み倒すくらい私のオッパイに夢中なんだったら、べ、別に、ひと舐めくらい我慢してやってもいいわよ？

後になって思えば、手で触ることから舌で触る（？）ことにシフトチェンジしたため、私の中のお触りのハードルはさらに下がっていたように思う。そして何よりもこの時は、なんだか私の方が物足りなかったのだ。下腹部がきゅんきゅんして、収まりがつかなくなっていた。

だってほら、お礼だし？　なんだったら布地を押し上げる乳首を歯でコリコリ触っても……べつに怒らないけど？

もじもじと腰を動かしていると、スタンリー様がそれに気づいた。

「……乳房は、諦める」

え！　そんなに簡単に諦めなくても……と思わずパッと顔を上げた次の瞬間、足首を掴まれ、私はコテンとベッドの上にひっくり返されてしまった。

「──っ！　スタンリー様っ」

大きく脚を開かせられ、私はもがいた。

「やっぱり……また濡れているじゃないか」

「だからそんなところ見ないでってば！」

羞恥のあまり叫ぶと、彼はすぐに目を閉じる。

「分かった、ごめん見ない。君が嫌がることはしない」

しかし彼は私の脚をカエルのように押し広げたまま、秘密の場所に顔を近づけてきたではないか。

「最後の一回だ、触るよ」

「へ？」

彼は下着を口で咥え、下にずらした。

「ちょっ……」

すっと空気が入り、息がかかって震え上がる。ぺちょ、と犬が水を飲むような音が私の耳に届いた。

「あっ……あぁぁっ！」

生温かい。彼が私の秘部から蜜を舐めとっているのが分かった。

「甘い蜜が、無尽蔵に出てくる」

「んんんんっ」

「君は、知っているかい？　ここを……」

秘裂をまさぐり、花びらをめくりながら、その奥まった場所にある小さな尖りまで見つけ、スタンリー様は唇で摘（つま）んで揺らしはじめる。

「あっ！　だめですスタンリー様っ、そこビリビリして」

彼は少し口を離して説明した。

「クリトリスだよ、摘（つま）まれるためにあるんだ」

そこを刺激されるのは、初めてじゃない。彼が昔、地下牢で私にやったことがある。指で甘皮を剥（む）くように転がされ、優しくほぐされて、私はあの時一瞬だけ恐怖を忘れられたのだ。

「んっ！　あぁぁあぁぁっ」

自分の唇から、いやらしい女の声が漏れた。なんで……こんな声が……。だめよ、またアバズレの淫乱売女（ばいた）呼ばわりされる。

だけど淫らな気分は止まらなかった。

「あぁんっっ！　なんだか変な感覚が……何か来ます、スタンリー様！　あっっっ——きっぁぁあああああ」

体を弓なりに反らした後、びくびくっと体が震えた。

しばらくの間、眼球が零れ落ちそうなほど目を見開き、私は固まっていた。頭がふわって真っ白になった。すごい。

唇の端から零れた涎を、スタンリー様が拭ってくれる。放心状態で汗びっしょりの私を困ったように見下ろし、苦笑した。

「大丈夫？　まだ途中だけど」

スタンリー様は目をつぶると、再び私の脚の間に顔を近づける。

「え……あうっ！」

ちょうど切なくて仕方なかった下腹部に、くぷりと彼の舌が――長い舌がゆっくり埋め込まれた。

私は思わず腰を浮かせてしまう。自分から迎え入れたくなってしまったのだ。しかしスタンリー様の舌の方が止まってしまった。

放心したような声が私の耳に届く。

「めちゃくちゃきつい。舌を食いちぎられそうだ……エイベルを産んだのに」

「あ、当たり前です。あなたの以外受け入れたことないんだから」

スタンリー様がパッと身を離し、つぶっていた目を開けた。

「あんな……暴力以外、知らないだと？」

強姦による処女喪失と、妊娠――男の人とそういう関係になるなんて、考えるはずもない。私は思いきり彼を睨みつけてやった。すると彼の片方の手が、私の頬に置かれる。潤んだ真紅の瞳に浮かぶのは、明らかに悔恨の色だった。

「……ごめん、調子に乗った。本当に……俺の罪は一生消えない」

そうよ、消えないわよ。でもいいの。今後男の人とそういう関係になることは、もう絶対にないんだから。

スタンリー様は壊れモノを扱うかのように、片手で私の髪を撫でながら囁いた。

「ただ……いつかセックスが怖くて痛いものじゃないと、君に分かってほしい。本来それによる快楽はお互いが味わうもので、女性も楽しめるはずなんだ」

ふと、その顔が曇った。

「本当は、愛を確かめ合う行為なんだって。俺もそんなセックス、したことないけどな」

その言葉を聞いて、なんとなく私はほっとしていた。それって、スタンリー様も愛した女性がいないってことじゃない。

私は躊躇ったのちに、伝えていた。

「触られるのは、別に嫌じゃなかったです」

彼は目を剥いた。私は、自分の顔が赤くなるのが分かった。

「ただ、なんていうか、もどかしくて……物足りないというか」

スタンリー様の喉が大きく動いた。その顔がみるみる赤くなっていく。彼はパッと顔を背け、あたふたとシーツをかけてくれた。

「もう寝よう」

私もなんだか急に気まずくなり、シーツを頭から被っていた。なんで、あんなエッチなことさせちゃったんだろう。初夜の雰囲気に呑まれたとしか……

しばらくしておそるおそるシーツを下げると、スタンリー様の赤い瞳とバチッと目が合った。彼は穏やかに目を細め、唇をほころばせる。

「ガイアス神に誓ってもう何もしないから……安心しておやすみ」

その真紅の瞳には、かつてクリフォード様が私に注いでくれた愛に似たものがある。

まさかね。私は目を逸らした。私、もしかして愛に飢えているのかしら。でなければ、こんな人になんか……

一度痛い目を見たっていうのに、それでも愛を求めているとしたら、なんてバカな女だと我ながら思う。

ちょっとエッチなことさせてあげたからよ。うん、そうに違いない。

だって私は愛されるような女じゃないもの。ぽっと出の悪役令嬢に、あっという間にその地位を奪われるような、価値のない女なの。

ううん、価値はあると思う。両親やエイベル、それにハドリー様には必要とされている。でも、男の人からは愛されない。彼だってそう。手軽なビッチだと思っているだけだわ。まったく……なんでこんなこと……どうかしていたわ。

私は眠くなってきて目を擦った。

スタンリー様に見られているのに、傍で私の髪を撫でているのに、どうして眠くなるの？　すぐ傍に狼がいるのよ？　……いいえ、誓って何もしないと自分で言ったのだもの。だったら彼は本当に何もしない。さっきもあんな飢えた目をしていたのに、乱暴なことはしなかった。気持ち……よかった。だから不思議と安心感がある。

「明日、殿下を領地境まで送っていく」

ウトウトしてきた私の耳に、スタンリー様の囁くような声が聞こえた。

「一度戻ったら、すぐに砦に引っ込むから。雪が積もる前に赴いて、ひと冬はそこで過ごすよ」

私は重たい瞼を押し上げた。

「え……でも怪我が」

「殿下にはついていくだけだし、傷が開くようなことにはならないよ。砦では事務仕事にいそしむしね。オヤッサンがそういうの、からきしみたいだから。いろいろザツなんだ」

耳に心地よく響く低い声。エイベルに造作は似ているけど、ぜんぜん似ていない男の顔。私はなぜか、寝るのがもったいないと思ってしまった。

「半年はこちらには戻らないようにする。エイベルと祖父をよろしくな」

ズキッと胸が痛んだ。そうか……もうしばらくは会えないのか。彼は気を遣って、私の前から去ろうとしている。

だけど、私はともかく……エイベルに会えなくていいの？　約束していたじゃない。子供ってあっという間に成長しちゃうのよ？

いろいろ言いたいことはあったけれど、落ちてくる瞼には逆らえなかった。ただ、遠ざかっていく音と光の中で、微かにこう聞いたような気がした。

「君はこれから、たくさん幸せになるんだよ」

王太子殿下を送る

再びぐるぐる巻きの顔面包帯姿に戻った私の前で、初夜の証明書にサインしたクリフォード様は、寂しげに笑ってみせた。

「さ、これで二人は完全に結ばれた」

私たちは礼を言って受け取る。

王都から同行してきた王室騎兵隊の一部と、こちらからは領地軍の騎馬隊が召集された。正面玄関前の広場に待機している。

「準備はできたかな。ドレ、ルージュ！」

クリフォード様が呼ぶと、顔なじみの騎士二人が駆け寄り、膝を突く。

「帰るぞ」

「はっ」

クリフォード様は名残惜しげに、もう一度スタンリー様を見つめる。

「また契約したくなったら王都に来たまえ、黒の騎士ノワールよ」

スタンリー様は苦笑いした。

「スタンリーです」

クリフォード様が今度は私に視線をずらし、じっと凝視した。あまりに長く見つめるものだから、ソワソワしてきた。彼の視線は包帯をした私の顔から、徐々に下へ下がっていった。それから、記憶を探るように目を細め呟く。

「ムチムチボイン――」

「殿下」

スタンリー様がずいっと前に出て、クリフォード様の目から私を隠した。

「もう、俺の妻なんで」

俺の妻……。なんか、こそばゆいな。

鼻白むクリフォード様に、スタンリー様はビジネスライクな口調で告げた。

「殿下。祖父の代わりとして、途中までご一緒します。あまり道もよくありませんので」

「しかし、そんな大怪我では――あと、途中お前がいると、なんか逆に怖いんだが」

「しっかりとこの目で、辺境伯領から出ていくのを見届けますので――」

なんか棘があるな、とクリフォード様はぶつぶつ呟く。スタンリー様は集まった兵士たちを見渡し、今度は他意がなさそうに言う。

「今の俺は戦えませんが、辺境伯の名代がいるだけで、敵への牽制になります」

そうだった。来る時に通ってきた、安全なハートフィールド伯爵領の橋が壊れたと連絡が入ったのだ。急遽、アルドリッジ子爵領寄りの山道を通って王都に帰ることになった王太子一行である。

アルドリッジ子爵家の現当主は、ローレンス王子の派閥の筆頭貴族。帰りの方がずっと警戒が必要だった。

この領地を出るまでの警護は、辺境伯の責任になる。領地軍に任せておかないのは、やはり生真面目なスタンリー様らしい。ならば私は、痛み止めと化膿止めを、たくさん持たせてあげよう。

スタンリー様はエイベルを抱っこして、目に焼きつけるようにしばらく眺めていた。

パパー、パーパ、あそぶーのでしゅよ！　とペチペチ彼の顔を叩いているエイベルを見て、やっぱり顔かたちはそっくりだなと思った。

彼はエイベルを私に預けると、耳元で囁いた。

「戻ったらもう一度、ウェディングドレス姿を見せてくれないか」

私はびっくりして、夫となったスタンリー様を見てしまった。

むず痒いような、恥ずかしいような、妙な気持ちが湧き上がり、エイベルをギュッと抱きしめる。

咄嗟にプイッと、顔を横に向けていた。

「そ、それくらい、いいですけど」

別に戻ってきてすぐに砦に行かなくても、いいんじゃないですか？　と喉元まで出かかる。

だめよ、警報が頭の隅で鳴っているのに気づかない？　これ以上彼と馴れ合ったら、クリフォード様の時のように心を持っていかれる。絆されてこの人を好きになる危険性が、ほんのちょっとだけある。

いいえ、何考えているの、ならないわ。なるわけがない。強姦魔なのよ!?　それにね、私は二度と、金輪際、異性を好きにはならないの。昔の私とは違うの！　懲りたの！　チョロい私はもういないの！

昨夜乳くりあったのは、モグラ魔獣から守ってもらったお礼だし、彼だって別に私のことを好きなわけじゃないし。そうよ、ただ二人ともエッチな気分になっただけだもの。

スタンリー様は、すぐに私からすっと離れた。

「参りましょう。あまり王都を空けていると、敵対勢力に地位を奪われますよ」

スタンリー様に促され、クリフォード様は馬車に乗り込もうとして振り返る。馬上のスタンリー様を見て、怪訝そうに言った。

「子供とは別れを惜しんだのに……。新婚なんだから、お別れのチューくらいしないのか？」

スタンリー様が動揺し、上擦った声で応じる。

「わ、別れとおっしゃいましても、ハートフィールド伯爵領の軍に警護を代わるまでの、せいぜい往復ひと月程度ですよ」

クリフォード様はふぅん、という顔をした。

「真実の愛にしては、やけに冷めているな」

私はドギマギしながら、慌ててスタンリー様の袖を掴んだ。

「旦那様、出発のチュー」

スタンリー様が落馬しそうになる。

「あ、ああ、そうだな」

あたふたと馬から降りて、包帯の上からキスしてくれるも、軽いバードキスだ。たったそれだけなのに、私は昨夜のお触りごっこを思い出してしまった。

包帯をしていてよかった。顔が熱い。

クリフォード様に裏切られた時、人の気持ちほど当てにならないものはないと知った。私を包み込んでいた好意が一瞬で霧散し、一人ぼっちで放り出される。築き上げてきた関係はこうも脆く、あっけない。自己肯定感は地の底に落ち、自分は価値のない人間だったのだと思い込んでしまう。

ところが、もう二度と人を好きにならないと心に決めても、情は自然に生まれてしまうものらしい。嫉妬や嫌悪などと同じく、自分ではコントロールできないものなのだ。いくらダメだと言い聞かせたところで、どうにもならないものなのだと、思い知らされてしまった。

何が言いたいのかというと――なんと私は、スタンリー様が出発して、寂しくなってしまったのである……

濡れたような艶のある黒い髪。真紅の瞳に凛とした眼差しを浮かべ、すくっと姿勢よく立つあの姿を、すぐにまた見たくなっていた。

あの生真面目な人と、ギクシャク会話したい。過去に彼がやらかしたことをチクチク責めて、彼が罪悪感に顔を曇らせるところが見たい。私のために心を砕くその姿を思い浮かべ、もう一度触れてみたい……そう思ってしまう。

バカだわ……。どうなっているのよ。

日がな一日、ため息ばかりついていた。エイベルがハドリー様と遊んでいるのを眺めつつ、私はスタンリー様が屋敷に戻ってくるのを心待ちにしている自分に、戸惑っていた。

窓の方を見ると、外は一面真っ白だ。

「遅いな」

ハドリー様が同じように、窓の外を見ながら言った。

最近、咳がほとんど出ないハドリー様だ。寒くなってきたのに、ますます血色もいい。

「アレクサーの花びらを煎じた粉薬、効いているみたいですね」

砦から戻ってすぐに、アレクサーの株を父に渡した。大喜びでアボック市の錬金術師や、他の薬剤師と新薬の研究に打ち込んでいるが、やはり万能薬というのは眉唾物だったのか、これといって劇的な効能はないようだ。

私もひと房もらって調合してみたけど、咳にはそこそこ効くみたい。

「わしはもうすっかり元気だ。アレクサーのおかげじゃな！」

本当かしら？　いいえ、健康を疑っているわけではなく……ハドリー様の病気自体が最近すごく怪しい。確かに夜間の咳は多いけど、大叔母様に伺ったところ、小さい頃から喘息持ちで、あの咳は元からのものなのだとか。犬猫はあまり近づけない方がいいのかもしれない。

父の報告では、アレクサーは猛毒の類に一番効く特効薬なのではないか、ということだ。アレクサーを万能薬だと賛美する地域が、毒性の強い植物の生息地と一致するらしい。

猛毒って、私が国王陛下に盛ったことになっている、カニカブトの葉とか？

あれは触っただけで人を死に至らしめる毒だ。カニカブトの毒にアレクサーが効くのかどうか試すには、やはり学院くらい設備が整った施設でないと難しい。乾燥させてお茶にしたり、傷用の塗り薬にしてみるも、怪我に対しては今までに作った薬の方がずっと効く。

とにかく、今のところアレクサーはいまいちパッとしない。

「それほどお元気なら、当主はまだまだ続けられそうですね」

式も終えたし、スタンリー様が戻ってきたら当主を交代するとか言っていたが、そんな必要はなさそう。

「い、いや~何を言っておる。わしはいつ死ぬるか分からん身空だぞ！　うえほっ、げほっぇほっ」

エイベルが、じーじ息くさいでしゅ、とキャッキャしている。

「山道を使うなら、馬橇(ばそり)で戻ってくるのでしょうね」

「ああ、雪が深いからな」

エイベルの積み木を見て褒めてやりながら、ハドリー様は心配を隠せない様子だった。

少し沈黙が続いた。

暖炉の薪が燃えるパチパチという音だけがした。積み木の崩れる音を合図にしたかのように、ハドリー様が私に聞いてきた。

「スタンリーを……好きではないのかね？」

探るような視線に、私は戸惑う。

「王都での恋人時代、まあいろいろあったのじゃろう。あやつ、あの性格だからな。昔はもっと可愛かったんだが……」

今でもけっこう可愛いですよ、と私はスタンリー様の動揺した姿を思い出し、クスッと笑ってしまう。

ハドリー様は少し目を見張ってから、再び尋ねてきた。

「やはり、スタンリーと元には戻れないかね？　インポテンツだし」

今度は苦笑いしてしまう。スタンリー様は、インポテンツじゃなかった。でもそれ以前の問題。インポテンツとか関係ない。

私がスタンリー様に何をされたか、ハドリー様はご存じない。私は絶対にスタンリー様を好きにならない。たくさん傷つけられたもん、アバズレって罵られたもん。

「私はスタンリー様なんて――」

言いかけて、固まってしまう。嫌いって、きっぱり言えなかった。

「……分かりません」

ハドリー様が先を促すかのように、じっと待っている。だけど、どう答えていいか分からないの。

「好きになるはずないのに、私……もう、彼に会いたくなってるんです」

途方に暮れてしまう。

「好きじゃない。でも……あの人の姿を見たいし、お話ししたい」

「……そうか」

「スタンリー様に触れたい……」

ハドリー様は少し満足そうだった。

「早く帰ってくるといいな」

ハドリー様に言われて、私は頷いた。それだけははっきり答えられる。無事に帰ってきてほしい。

だって、この辺境伯を継がなきゃだめな人だもの。

そう……遅い。でも帰りが遅いくらいで、不安になるのはどうして？　そんなの、エイベルの父親だし、何かあったらハドリー様が悲しむからよ！

それに大丈夫よ、だって――

砦ではモグラ魔獣をやっつけたスタンリー様。そんな姿を思い出し、あの人は強いから平気なのだと、自分に言い聞かせる。

おそらくそれは、胸騒ぎを感じていたからだと思う。不安を打ち消したかったのだ。

仮死状態のスタンリー様が運ばれてきた時、初めて私は、彼を好きになっていたのだと自覚した。

※　※

山道で王太子一行を狙った刺客が、なぜ銃ではなく矢で射てきたのか。

砦のある辺境伯領と違い、この辺りで手に入る銃は古い型のものが多く、射程は短いし砲身内に施条のない滑腔式――照準が安定していないものなのだ。矢の方がまだ狙いが正確なくらいだとか……

とはいえ、やはり弓矢は弓矢だ。弓隊でなければ恐れるほどではないと、俺は少し気を抜いていたのかもしれない。

その矢じりに、毒が塗ってあると考えるべきだった。

ハートフィールド伯爵の城へ向かう途中、峠を隔てた西側に、ローレンス王子派であるアルドリッジ子爵の領地がある。もちろん警戒はしていたが、一行は襲撃の危険性よりも足場の悪さの方が気になっていた。

――雪が降りだしていたのである。

そんなとんでもない時と場所に、いきなりローレッタ様――王太子妃殿下が現れたものだから、俺はすっかり気を取られてしまったのだ。

「待っていたわ」

先頭で道案内をする伯爵領の兵士らには、相手が何者か分からない。俺も、あやうく射撃指示を出すところだった。

「やめろ、王太子妃殿下だ！」

銃を構える兵士らに叫ぶと、ざわっとその場が大騒ぎになる。紫色の髪と瞳は、俺の真紅の瞳と同じくらいレアだ。見間違えようがない。

殿下が馬車から飛び出してきた。

「ローレッタ、なぜこんなところに！　なぜ僕のもとから逃げ出したんだ！」

「バッドエンドだからよ！　子供ができない悪役令嬢ローレッタは、陛下に暗殺されるエンドなのよ！」

「何を言っているローレッタ！」

戸惑う殿下の隣で、俺も呆れてしまった。被害妄想か。

いや……でも、確かにニーナにした国王陛下の仕打ちを思えば、頷けるかもしれない。もし二人が離婚を承諾しなければ……。少なくとも粘着質の王太子殿下が、陛下の命令通りに応じるとは思えなかった。だからローレッタ様は、次は自分の番だと錯乱状態に陥っているのではないか。

ローレッタ様は、辺りにキョロキョロと目を配った後、みんなに向かって言う。

「私、怖くなって逃げたの。逃げて北方の砦で、伝説の傭兵と年の差恋愛ルートに入ろうと思ったの！　だけど私、寒いの苦手だし、オッサンってあまり好きじゃないのよ！　だから伯爵領でメイドになって、スローライフするルートにしようと思ったの。でもそれだと、探しに来たクリフォード殿下が暗殺されてしまうことを思い出したの。ちょうどこの峠で！」

本当に何を言っているのか分からない。誰もが狂人を見るような目で、王太子妃殿下を見つめていた。

「信じて！　クリフォード様を早く安全なところへ。彼はこの山道で、矢で射られて死ぬのよ！」

俺はその時、山肌の上の方に生えた木の枝に、人がいるのを見つけてしまった。

咄嗟だった。

ローレッタ様の話を信じる信じないではなくて、黒の騎士として訓練された体が、傷のほとんど癒えたこの体が、脊髄反射で動いていたのだ。俺は王太子殿下を庇うように突き飛ばしていた。

射手の位置が遠かったため、矢は微かに腕をかすっただけだった。パンッと音がして身構えるも、ルージュが暗殺者を仕留めたマスケット銃の音だったと知り、ほっとする。

ところが、みるみる傷口から痺れが走ってきて、治癒してきたはずの左腕が再び動かなくなった。

「毒よ、カニカブトとかいう猛毒が塗ってあるの！」

ローレッタ様が喚く。

「ああ、なんてことかしら。このルートは分からないわ。黒の騎士が射られるルートなんてプレイしたことないもの。黒の騎士は脇役だし、隠しルートよこれ」

殿下がローレッタ様をガクガク揺さぶる。

「おい、どういうことだ。ノワー――スタンは助かるのか!?」

意識が遠ざかっていくのが自分でも分かる。俺はゆっくり膝を突いた。死ぬのか。この甘ったれクソ王太子を庇って？　騎士の忠誠契約を切って祖父のもとに来たのに、これでは――

ふと、ニーナの顔を思い出した。

俺が死んだら、悲しんでくれるかな。別れ際、プイッと顔を背けた彼女のことだ。むしろ自分を痛めつけた男の死を、喜ぶんじゃないかな。

もちろん、俺が死んでも大丈夫だよ、ニーナ。エイベルがいてくれるから。君が産んでくれたから。俺の跡継ぎ。俺の分身。ウィンドカスター北方辺境伯領は安泰だ。

「脈が弱い！」

「体温もです、どんどん冷たくなっていく！　すぐ伯爵の館に運びましょう！」

部下たちの声、真っ暗になっていく目の前。でも最後に俺の耳は、ローレッタ様の叫ぶ声を聞いてしまった。

「だめよ！」

いや、なんで⁉

「北方辺境伯領にすぐ引き返して！　そこにしか、この毒に効く薬はないのよ！」

泣き声が聞こえる。

俺はゆっくりと瞼を開いた。もしかして夢を見ていたのか。目を覚ましたのだろうか。いや、たぶんまだ夢の中なんだと思う。

なぜなら、ニーナが俺に覆いかぶさって、わんわん泣いていたのだから。俺ごときが死んだって、こうはならないだろう。都合のいい夢だ。

泣かないで。そう声をかけたかったが、俺の意識はまたすぐに、ずぶずぶと夢の奥底へと呑み込まれていった。

――どれくらい時間が経っただろうか。

人の声が遠くから聞こえてきた。

「なぜハートフィールド伯爵の屋敷に連れていかなかった⁉」

祖父の声だ。俺よりよっぽど元気な、しかし今は怒りを孕んだ口調だ。

「我々もその方がよいと申し上げたのですが、カニカブトの毒の特効薬――アレクサーが辺境伯領にあると、王太子妃殿下が強くおっしゃるので」

聞き覚えがある。同行した領地軍の士官の一人か？

だがそれを聞いた祖父は、困惑したように返す。

「確かにあるが……なぜそれを知っているんだ？　第一、本当に効くかどうかも分からん段階だぞ」

そうだよな。まるで予言の類（たぐい）ではないか。

「我々も不思議に思いましたが、アレクサーを奥様が採取したことは伺っておりましたので、もしやと思いました」

「王太子妃殿下は、スタンリー様の体温が生命を維持するギリギリまで下がることで、カニカブトの毒の回りが遅くなるとおっしゃったのです」

「クリフォード殿下も、王太子妃の予知だからと――絶対に当たるから言う通りにするようにと、我々にお命じになり……」

祖父の怒りの矛先を変えようと、領地軍の士官らは次々に言い訳する。まあ、分かるよ。殿下の命令に逆らうって、できないよな。身をもって知っている。

彼らの言葉を受けて、主治医マクニールの呆れた声がした。

「なんと、そんな怪しい王太子妃殿下の戯言で……。我らの次の当主が凍死するところだったではないか」

「でも、奇跡です。解毒剤が本当に完成していただなんて」

俺は重たい瞼を持ち上げた。ハンカチでマクニールが涙を拭いているのが見えた。

「効いたからよかったものの」

俺、生きてるのか！　直後、ガバッと起き上が……れなかった。体が鉛のように重い。あぶね、危うく幽体離脱するところだった。

暖炉の上に飾られた油絵をぼんやり眺める。砦付近の風景画だ。ということは、ここは辺境伯の館の一階にある客室だよな？

「目が覚めましたか？」

鼻にかかった幼い声。柔らかく鼓膜に絡みついてくる、なんとも言えない甘い声がした。

ニーナだ。覗き込んで俺の額に触れ、布巾で拭いてくれる。

「熱、下がりましたね。すごい汗」

「……か」

「え？　なんですか？」

「それ、台拭きじゃないのか？」

ニーナは柔らかい微笑を浮かべながら頷いた。

「仕返しです。大怪我しているのに出発して、今度は死にかけで戻ってくるのですから」

「ニーナ――」

「お前は馬橇(ばそり)にグルグル巻きにされ、連れてこられたんじゃよ」

祖父の咎めるような顔が、視界に割り込んでくる。なんとなく、イラッとした。ちょ、会話に入ってくるなよ。

「わしより早く死んでどうする。心臓に悪いわ」

「……申し訳ございません。殿下は？」

「引き返すお前らの部隊に食料を運ばせるため、騎兵隊を数名貸してくれた。が、ご本人はあのまま王都にお帰りになられたそうだ。王太子妃のローレッタ様と共にな。警護はハートフィールド伯爵領の軍に委ねたよ」

車椅子ごと祖父は遠ざかった。デカい老人の姿が移動したおかげで、俺の視界が一気に開ける。雪かきしている使用人らにまじり、雪だるまを作っているエイベルが、窓から見えた。

祖父は、ドロっとした白い液体の入った瓶を持ってきて、俺に見えるよう掲げる。

「王太子妃殿下は本当に予言者なのか？　確かに、毒の特効薬はあったが、彼女が知る余地はなかったのにのう」

俺は首を傾げた。防壁の外でニーナが採ってきた薬草か？

「それとも妄想癖でもあるのかね？　この士官らに聞いたが、ストーリーの強制力に逆らえんとか、もう赤ちゃん産むしか生き残る方法がないのにとか、訳の分からんことを喚いていたようだが」

殿下にお仕置きされそうだな。ドSに豹変すると、殿下はどんな行動に出るか分からない。まあ、そこまで面倒見きれない。ローレッタ様がんばってくれ、としか。

祖父は瓶を引っ込め、サイドテーブルに置こうとした。車椅子の車輪がテーブルの脚にひっかかり、舌打ちして立ち上がる。

「まあ、スタンが助かったとなると、本物の予言者なのかもしれん。いいかスタンリー。治るまで一歩も歩くなよ」

「お爺様……」

俺は歩き回っている祖父を見て言った。

「やけに元気ですね」

目に見えて祖父と、なぜかマクニールとヴァーノンまでが慌てふためく。

「わ、わしが仮病を使っていたとでも？」

「奥様が調合したアレクサーの薬のおかげですぞ！」

「変な勘繰りはやめて、さっさと完治させてください」

ジジイども、そこまで動揺しなくても。

ニーナはクスクス笑いながら俺に尋ねてきた。

「何か召し上がれますか？」

目の下に隈がある。水の入ったグラスを差し出してくれるそのやつれた顔を見て、もしかして寝ずに看病してくれていたのかもしれない、と思った。

こみ上げてくる熱い思いに、胃の腑がカッとした。吐きそうになるほど感情を揺さぶられ、俺は戸惑った。なんだコレ？

今まで感じたことのない激しい感覚に混乱しつつ、俺はみんなに言う。

「ニーナと、二人で話をさせてくれないか？」

老人トリオと使用人や士官らが目配せし合い、邪魔してはならんなとか、坊っちゃまがんばって、と呟きながら出ていった。犬猫だけが、ウロウロとベッド周りをうろついている。

ニーナからグラスを受け取ろうとしたが、まだ腕が動かない。諦めて、ガラガラ声のまま尋ねる。

「ずっとここに、いてくれたのか？」

ニーナが目を逸らす。その瞼は腫れている。泣いている夢を思い出した。あれ？　もしかして夢じゃなかったのかな？

「いっぱい、泣いてくれた？」

「飲んでください」

頭を支え、冷たいグラスの口を押し当ててくれた。唇の端から零れ、うまく飲めない。ニーナはタオルで水を拭い、思案してから言った。

「薬と同じように飲ませますけど、アバズレとかビッチとか言わないでくださいね」

そう念を押し、グラスの水を口に含むと、俺の唇にひんやりした柔らかいそれを押し付ける。舌で口をこじ開け、同時に水を流し込んできたではないか。

されるがまま飲み込み、俺は呆然とニーナを凝視した。それから掠れた声でさらにせがむ。

「もっと欲しい」

ニーナは赤くなる。少し躊躇ってから息をついた。

「仕方……ありませんね」

ニーナは再びグラスに口をつけた。身動きの取れない俺の胸に上半身を乗せ、迫ってくる。心地よい胸の重みがかかった。柔らかな肉の塊は、いともたやすく俺の硬い胸筋に押しつぶされる。気を取られたが、再度甘い水を口内に注がれて、やっとそちらに集中できた。

なにこれ、天国？　実は俺、死んでる？

「解毒剤、こうやって飲ませてくれたの？」

今度は少し滑らかになった声で聞いたところ、ニーナはふいっと明るい色の目を逸らした。

「ええ、マクニールさんが」

「げ！」

爺さんかよ！

ニーナは俺の慌てようを見て、くしゃっと破顔した。口の脇にエクボができて、俺は豆があれば押し込んでやりたくなった。

「嘘ですよ」

引き寄せたい衝動に駆られる。よかった、動けなくて。

「すぐによくなります。このニーナがついてるんですから」

※　※

寝たきりだと、ワガママになるらしい。そういえば、ハドリー様も体調が悪い時はことさらワガママだ。似ているというより、誰でも辛い時はそうなのかもしれない。エイベルは熱が出ると静かなんだけどね……

「もっと水を飲ませてくれよ。乾いてるんだ」

とろんとした眼差しを向けられて、私はそわそわしてしまう。スタンリー様への気持ちを、自覚してしまったからかもしれない。でも、私だけ彼が気になっているなんて、なんだか悔しい。

「お水が欲しいなら、別の人でもいいんじゃないですか？」

アバズレなんかに飲ませてもらわなくても。

「ニーナじゃなきゃ嫌だ」

甘えた口調で言われ、きゅんとなってしまう私は、てんでチョロいな。

ため息をついて、口に冷たい水を含み、そっと彼の口の中に流し込んでやる。喉仏が音を立てて動いた。ゆっくり離れると、彼の唇が追ってくる。

「もっと」

やだ、おねだりしてる！　あのかつて塩どころか辛辣だった黒の騎士様がよ？

不覚にもまたきゅんとなり、何度も口移しを繰り返した。

「もっと……くそ、腕が動けばな」

唇を離すたびに言うものだから、私は尿瓶を見せてやった。

「今、動けないでしょ。そんなに飲んだら、すぐこれが必要になります」

「そういうのは、従僕にやらせるから！　君には頼まないから！」

動揺して喚いているスタンリー様を、やはり可愛く思いながら、ニコッと笑った。

「大丈夫、解毒剤に混ぜた痛み止めのせいですよ。体を休ませるために麻痺させているの。明日には動けるようになると思います」

　ほっとしたようなスタンリー様。可愛い……

「でも、完治するまでは、砦に行かないでくださいね」

「何もしないでごろごろしているのは、性に合わない」

　働き者ね。肩や背中の傷はよくなったみたいだけど、体力が落ちている。凍死しかけていたんだもん。お願いだからじっとしていてほしい。仮病の疑いがあるハドリー様の寿命が、本当に縮んじゃうわ！

「退屈でしたら、本でも読んで差し上げます」

　エイベルにするみたいにね。すると彼は不貞腐れたように言う。

「君がウェディングドレスを着たところをもう一度見たい」

　なんかまた我儘を言い出した！

「最初は興味なさげだったじゃないですか」

「ないわけないだろう！」

　パッとこちらを見てきっぱり言われ、私は目を丸くした。すぐにスタンリー様は顔を背ける。

「もう俺が、君にだけはインポテンツじゃないって知っているだろ。初夜でその……。だからもう破廉恥なウェディングドレス姿を見ても、堂々と勃起できるからいいんだ」

　意味が分からないわよ。ウェディングドレスって、そんな破廉恥なものじゃないからね？

「頼むよ。俺はこんなで、初夜の時のような不埒なイタズラもできないから」

弱々しく懇願された私の心臓は、もうきゅんきゅんが止まらなくなっていて、気づけばすっ飛ぶように部屋を飛び出していた。

いい、ニーナ。あなたはただの勃起対象で、別に愛されているわけじゃないのよ！

なのに私ったら、なんでこんないそいそと……。まるで尻尾振った犬みたいになっている。情けない。とほほほ、というやつだ。

「エロイーズ、エロイーズ、手伝って！」

エロイーズが腕まくりしてやってきた。

「お坊っちゃまのさらなる篭絡方法ね、分かったわ！」

ちがう！

「ウェディングドレスの着付けを手伝って！　うんと魅力的に見えるように」

エロイーズの口の端が、大きく吊り上がった。

※　※

もじもじしながら寝室に入ってきたニーナは、髪をアップにし、ほつれ毛を首筋に垂らしていた。

違和感に、俺は目を細める。何か変だぞ。

むくっと、掛布が持ち上がった。体は動かせないのに、股間レーダーだけが元気に勃ち上がったせいだ。

勘違いじゃないなら、ガイアス教会の誓いの場で着ていた時と違い、下着を身につけていないように見える。

つまり、ぴっとりと体にまとわりつく柔らかな衣が、豊満な腿や尻や鼠径部の形を露わにしている。何よりも、乳首が浮いているんだが……

「なんか、エロイーズが言うには、本当はこういう着方が正解らしくって……」

ノーパンノーブラで神に誓うわきゃねーだろ！　痴女か！

動揺しきった俺は、うっかり言いかけた。

「き、君はアバ――」

い、いけない、アバズレなんて言ったらまた彼女を傷つけてしまう！

「アバンギャルドだね」

どうにかごまかせたな、うん前衛的だ。

「綺麗だよ」

それは本当。顔が清純派だから、白がよく似合う。体はけしからんけどな。

ニーナは可愛らしさと色気の融合したキメラだ。エロい体をしているが、男を知らない。俺に汚された以外は、清らかなんだ。なんで俺、そんな天使におっ勃てている？　いやらしいのは俺だ。

俺がもしあのまま死んでいたら、ニーナにとっての脅威はなくなっていたんだろうか。

王太子殿下は立ち去った。もしかすると、ニーナの中にある異性に対する不信感が、少しはなくなるかもしれない。王都時代、ニーナへの愛が確かにあったことを、殿下に認めさせたから。

後は俺さえ彼女の前からいなくなったら……

彼女が昔みたいに、屈託なく誰にでも笑いかけられるようになったら、俺はどう感じるんだろう。彼女の傷が癒えたと嬉しく思うのだろうか。そうなれば、俺は彼女を解放して――。胸の奥がチリチリした。

ニーナは俺のなんとも複雑な表情を見たせいか、首を傾げる。

「お腹空きましたか？　お粥か何か持ってきますすよ」

「その格好で、あまりウロウロしないでくれ」

俺は呆れ果て、それだけ返した。

「あーんって、食べさせてあげます」

ウィンクされて、からかわれたことに気づく。誘惑しようとしているのか？　と危うく聞こうとしていた俺は、己を叱咤した。なんでこう、彼女を傷つける発言しか思いつかないんだ。

だっていつだって彼女は、俺を誘っているように見えるんだ。昔からそう。殿下という恋人がいながら、俺に色目を使ってきていた。でも――違った。もう分かっているんだ。

俺のエロフィルターのせいで、思わせぶりに見えていただけだった。女嫌いな俺が気になって仕方なくなるほど――忠誠を誓った主である殿下を妬ましく思ってしまうほど、彼女に魅了され、そんな自分を受け入れられなくて……

俺はずっと、彼女がアバズレ淫乱女だと思い込もうとしてきた。

俺は、無自覚に男を引きつけるだけの善良な娘を、たくさん傷つけてしまった。

「ここにいてくれ」

そんな資格もないのに、弱っていた俺は思わず彼女を引き留めていた。

「何もいらないから、俺の傍にいてくれ」

※　※

思えば、モグラ魔獣に怪我をさせられた辺りから、スタンリー様は少しおかしくなった気がする。

今も、そう。死にかけたあげく、解毒剤の作用で動けないから。人間、弱るところも可愛くなってしまうのか。

私は体の奥から湧き上がってくる何かに耐えながら、いそいそと彼の枕元に腰かけ、寄り添った。

エイベルにするみたいに、額を撫でてやる。汗で張り付いた黒髪も、熱を出した時のエイベルそのもの。

でも、何かしら。こんなギラギラした獣のような目で、エイベルは私を見ない。真紅の鋭い瞳は、まるで私のウェディングドレスの中を透視しているかのよう……ねえ、落ち着かないんだけど。

「明日も、明後日も、それを着ていてほしいな」

「何回も着るものじゃありません。ハレの日の花火みたいなものだって、お針子たちが言っていました」

宝石が所々に散りばめられ、刺繍もレース部分もため息が出るほど繊細に仕上げてくれている。お気に入りだが、これはあくまでもウェディングドレスなのだ。

「どうでもいいと思ったんだ」

えっ⁉

「君はどんな形のドレスでも似合うから、どうでもいいと思った」

デザイン決めの時のことを言っているのね。私はそれに対し、敢えて意地悪く返した。

「デリカシーのないスタンリー様と結婚しようなんて、きっと誰も思わないわ」

……嘘だ。そんなこと思っていない。

スタンリー様は、気品と力強さを兼ね備えた、理想の専属騎士そのものだもん。仕事ぶりだって、忠実で生真面目。クールに見えるのに、たまに見せるはにかんだ笑顔が可愛い。

デリカシーがないのは、アバズレでお手軽女の私に対してだけ。レディには礼節をもって接するだろうから、きっとモテるんだろうな。

「私がいて、よかったですね」

これも嘘。私がいなければ、スタンリー様はあんなことを命じられなかった。つまりは、対外的インポテンツにならなかったのだ。インポテンツにならなかったということは、私と結婚することもなかったということ。

「私とは運命共同体ですよ」

私以外に興味を持ってほしくなくて、さらに呪縛をかけてやった。私はずるい。素直になれないのに。正直に彼が気になるって――欲しいって言えないのに……

その時、メイドのアンがスープを運んできてくれた。

「あんた――ちがった、若奥様！　なんて格好しているの、風邪ひくわよ」

仰天されたけど、スタンリー様の目を楽しませることができるなら、風邪くらいなによ。

アンは開き直った私の態度を見て、まあそういうプレイなら、と何やら納得して出ていった。

私はスタンリー様の背中にクッションを置き、身を起こさせた。スープをふぅふぅ冷ましてやる。

ハドリー様やエイベルで慣れっこだ。

「はい、あーん」

スタンリー様は口の中でもごもご何かつぶやいた。お礼の言葉だろうか。いえ、クソッ、と悪態をついているわ。屈辱なのかも。さらにスプーンを近づける時、上半身に体重をかけてしまったせいか、スタンリー様はちょっと苦しそうに呻(うめ)いた。

「ずっしり乗っかっている、柔らかい。本当にわざとじゃないのか」

ダイエットしろってこと？　いいから早く飲みなさい！　スプーンを突っ込むと、やっと無言で飲みはじめた。

しかしウェディングドレスを正式な着方にしたためか、途中でくしゃみをしてスープを零してしまった。

「ごめんなさい、失敗しちゃった」

「気をつけたまえ。スプーンより口移しの方が――」

「着替えましょうね」

柔らかいパイル地のガウンをめくった。細身なのにたくましい胸筋が現れ、どきっとなる。

「ニーナ、その前に上着を着て。寒いだろう？」

寒くなんてない。むしろ体がカッと熱くなって、のぼせそうだ。

洗面器に水を注いで、暖炉にかけていたケトルから湯を運び、ぬるま湯をつくる。固くタオルをしぼった。

「今、拭きますからね」

口元、首筋、そして固い胸まで拭いていくと、彼の乳首が尖っていることに気づく。

「スタンリー様こそ、寒いですか？」

見とれていないで手早くやらないと、冷えちゃうわ。汗ばんだ広い胸を慌てて拭き取っている時、乳首を擦ってしまった。

「うあっ」

苦痛を堪えるような声があがり、私はビクッとなった。

「ごめんなさい、もっと優しく丁寧にやります」

柔らかい布のはずなんだけどな。掛布を下にずらし、バキバキの腹筋からさらに下半身を拭こうとして気づく。

「そこはいい」

隆々と立ち上がった黒の騎士を目にして固まっている私に、スタンリー様は気まずそうに弁明する。

「仕方ないんだ、ニーナがいるとなぜかこうなる」

こんちきしょー、股間が私をアバズレ認定しているのね！

そうですか、と私は事務的に流し、タオルを洗面器で洗って固く絞ってから広げた。

「そこが一番汚いんですから、拭かないとダメです」

「汚い言うな——くぁっ⁉」

肉の棒を包み込んで、握るようにして拭いてやる。先端も生温かい布で優しく擦った。

「ちょっとだけ右に曲がっているんですね」

「言うなっ」

顔を真っ赤にして、額に汗を浮かべているスタンリー様ったら、可愛い。恥ずかしいのね。どうしよう……楽しくなってきてしまった。

威張り散らして傲慢に勃ち上がる黒の騎士様は、スタンリー様そのもの。でもその下の可愛いタマタマは隠せなくてよ？

転がすように拭いてやった。股間を握られている男性って、みんなこんな風に大人しくなるのかしら。

腰にクッションを置き、再び布巾を洗うと、お尻の方も拭いてあげた。男性のお尻ってすごい硬い。筋肉に覆われて引き締まっているのね。

割れ目に手を入れてお尻の穴もしっかり拭う。

「…………」

大人しいな！　されるがままか。エイベルに座薬を入れてやった時も、一瞬ひゅって固まったっけ……。そんな感じ？

また湯で洗い直して、手早く足先まで拭いてしまう。

「ふぅ、終わりました。ウェディングドレスでやるものじゃありませんね」

「……が」

スタンリー様がふてくされて言った。

「え？」

「君の胸が何回もあたるし、顔も俺の股間の近くにあって、死ぬかと思った」

私はそんなことか、と微笑んだ。

「それって、どういうことかしらね？」

やっぱり。うふふ、恥ずかしかったのね、可愛い。恥ずかしいって言いなさいよ、この黒の騎士め。すると、スタンリー様はとても可愛いとはいえない、凶暴な呻（うめ）き声を絞り出した。

「どうって、君をめちゃくちゃに抱きたい」

※　※

めちゃくちゃに抱きたいっていうのは、正確にはウェディングドレスを引き裂き、柔らかい体を組み敷いて、彼女の全身をしゃぶりつくしてから体の奥深くに猛りを突き立て、腰を打ち付けるように振りたいってことだ。

そんなことはできないのは分かっている。もう、過去に一度やってしまっているから。彼女を乱暴に傷つけてしまったことがあるから。

ニーナに幸せになってほしかった。女の喜びも知ってほしかった。自分も愛など知らないが、せめて性の快楽を味わってほしかった。

次に彼女を抱くことができたら、その時は絶対に怖がらせないのに。気持ちよくしてやるのに。

だが、俺ではダメなのだ。しょせん素人童貞だからとか、太すぎて結局痛がらせるのではないか云々の前に、己への罰として、俺の凶器は二度とニーナの天界の穴に挿れてはいけない。

だが……他の男が彼女に性の喜びを教えるなんて、俺には耐えられない。

幸せになってほしい？　他の男と？

ニーナは……ニーナは俺のものだ。

そう思った瞬間我に返り、殴られたようなショックを受けた。例え相手が王太子だろうが、国王だろうが、小作人だろうが、彼女と愛し合った誰かであろうが、俺は彼女を取られたくない、そう思っている自分に気づいたからだ。

なんだ、この気持ちは？　なぜこんな独占欲が？

ひくつくニーナの肉の薔薇は、俺が慰めてやるんだ。俺だけが。

やらないとも。俺は強姦魔なんだから。やらないけど、気が狂いそうだ。会わなければよかったのに。こんなに苦しいなら、再会すらしたくなかった。

くそ……無理だ。ニーナにもエイベルにも会えない人生は、そこで詰んでいるじゃないか！

矛盾した思考に身悶えする俺は、呻き声を抑えてひたすら高ぶりを堪えていた。

だいたいな、股間を綺麗にするのが目的とはいえ、握って擦ったら出ちゃうに決まっているだろう。ま、俺はこう見えても元騎士。言わば超人だ。そんな無様な真似はしないがな。

「うわぁぁあ」

気づくとニーナが股間に吸い付いていた。

「ニーナ、ちょ、何してんの、やめ――」

「下のお世話くらいさせてください」

ベルベットのような舌がまとわりつき、俺の肉棒をトルネードしていく。何言っているか分からないよな、俺もだ。こう、なんていうか、グリングリン舌が巻きついていくんだ。

小さいのに肉厚の唇がすぼめられ、搾り取るように俺の黒の騎士を吸い出し、バキュームするもんだから、全身に震えが走った。たまらず俺はしゃくり声をあげ、無様に放出していた。――彼女の口の中に。

やってしまった！　今度こそ転がった汚物を見るような目で見られる。嫌われる。

硬く目をつぶると、ごくんと音がした。

「？」

おそるおそる目を開けると、彼女が口の端から白い液を滴らせながら、俺の汚い汁を飲み干していた。絶句する俺の前で、舌を出す。

「にがっ」

そりゃそうだろうよ、見せるなよ。

「エロイーズが、股間の看病も妻の仕事のうちだって。そして、もし出ちゃったらこうしろって」

エロイーズ……ほぼ処女のニーナに、一体何を教えているんだ。

でも唯一自由に動けた——いや、ある意味一番自由ではないのだが——俺の黒の騎士はようやく宥(なだ)められ、クタッと眠りについた。引導を渡されて、楽になったのだ。

体力が落ちているのだろう、今はまるで黒の騎士の付属品のようである俺自身も、意識が遠のいてきた。

「眠ってください」

スープの皿と洗面器を片付けながら、彼女は優しく囁いた。

「休息が必要ですよ」

そうだな、君が近くにいると、たぶん黒の騎士はまたすぐ目覚める。抜き放った剣のように収まりがつかず、鞘(ニーナ)を求めて猛り狂うのだから。

「愛している」

俺は朦朧(もうろう)とした意識のまま、そう口走っていた。

「君を愛している」

ニーナは困ったように返した。

「ちがいますよ」

何言ってるんだ。だって、君にしか反応しないんだぞ。

「私に欲情しているだけです」

そう、欲情している。でも君が好きだからだ。――と、口に出せたかどうかは分からない。

途切れる寸前の意識の中で、でも、君は信じてくれないんだろう？　と、つい恨みがましくボヤいてしまった気がする。

※　※

私はエイベルの寝ている子供部屋に入ると、ドアを閉めてしゃがみ込んでいた。

「うわぁあああ」

愛している、って言われた。火照った顔を両手で覆う。

「うわぁあああ」

欲情しているだけ。そうに違いない。でもあんな悲しげに、愛しているのに信じてもらえない、なんて言われると、信じてあげたくなる。

いや、でもな。半分寝ぼけていたからな、スタンリー様。

「私、ちょろいのかな……」

かっこいい人にちょっと好意を示されたからって、こんなに簡単に絆されてしまうなんてあり得ない。クリフォード様で懲りたはずでしょ？　男ってのは、飽きたらすぐに乗り換えるものなのよ？

　真実の愛なんてないんだから！　バカバカバカ、しっかりしなさい。

　私はスタンリー様が好き。それは仕方ない。でもなくなるかもしれない愛を、相手からもらおうと思ってはいけない。ただ想うだけなら、傷つかない。

　……本当に？

　それこそ無償の愛みたいじゃない。見返りを求めない愛を注ぐなんて、なんか悔しいんだけど⁉　むしゃくしゃする。こんな風に翻弄されて、腹が立つったらない。

　いっそ、こっちから遊んで捨ててやるくらいでもいいわ。それくらいの権利はあるはずよ、復讐よ。

「黒の騎士様を弄んで捨てる」

　想像しただけで、私は暗澹たる気持ちになった。いや、駄目でしょ。あの人は基本真面目な人だ。傷つけてはいけない。真のインポテンツになる。

　距離を取った方がいいわ。お互い離れていれば、傷つかないのだ。子供用のベッドを覗き込んで言い聞かせる。

　そうよ、私にはエイベルがいるもん。変なの、エイベルになら無償の愛を注げるのに……

「私はエイベルの母親。それだけ」

　何度も言い聞かせて、柔らかい産毛のような生え際を持つエイベルの額に、そっと口づけをした。

※　※

翌日、何もなかったように、寝室に向かった。

スタンリー様が寝ているはずのベッドを見ると、ビクッとなる。彼は既に半身を起こしていた。

「解毒剤が抜けたんですね。もう大丈夫ですよ」

顔色もいいし。

「身支度のお手伝いをいたします」

なるべく事務的に言った。距離を取るのよ、ニーナ！

スタンリー様の返事まで、少し間があった。

「……？」

「今日は一人で入浴できそうだ。君の世話は要らない」

硬い表情でそう返され、私は息を呑んだ。やだ、戻ってる！　昨日の可愛いスタンリー様じゃないわ。あそこを弄(もてあそ)んだこと、怒っているのかしら。

「言っておきますけど、まだ体力は落ちているのですからね。半分死んでいたんですよ」

スタンリー様は何も言わない。他のメイドたちが既にシーツの替えを持ってきていたので、椅子を用意した。

「シーツを替えますので、こちらに座っていてください。歩けますか？」

「そんなことは君がやらないでいい。君は俺の妻なんだから」

とはいっても、私は使用人だったわけで、正式な妻とはちょっと違う。

離婚後も、使用人として雇ってもらえないかな。そうしたらエイベルといつも一緒にいられるし。

そんな目論見もあった私は、無言で椅子を指し示す。

「ほら、さっさとこちらに移ってください。肩をお貸ししま――」

「いいっ……シャワーを浴びてくる」

「よく髪の毛を乾かしてくださいよ」

「君は俺の母親かっ。俺はエイベルじゃないんだぞ」

当たり前でしょ、エイベルはあなたみたいに男臭くありませんっ。

「だいたい、昨日はあんなに優しかったのに、なんか今日はそっけないじゃないか」

「そ、それは……だってスタンリー様だって！」

「――っ！　いや、俺はただ……」

何か言いかけたスタンリー様だが、しょんぼり下を向いてしまった。

「イーライを呼んでくれ」

スタンリー様はイーライさんに支えられ、浴室に向かっていった。

※　※

俺は咎人だ。

――それでも……ニーナが欲しい。

芽生えていた感情に気づいてしまえば、もうどうしようもない。彼女を落とすしかない。

実は前日の夜更け、せっかくニーナに看護されて心地よい眠りに入った俺を、再び引き戻した者たちがいたのだ。

それは祖父と、祖父に連れられたニーナの両親だった。

気配に敏感な俺はすぐに覚醒したが、ニーナのご両親にはいろいろと顔向けができなくて、なんとなく寝たふりをした。

ところが彼らの方は、ランプをかざしてしげしげと俺の顔を眺めているのが分かった。眩し……なんなんだよ一体、と俺は思った。するとニーナの父親が、祖父に小声で質問した。

「いかがでしょうか、アレクサーの解毒は」

「素晴らしい。スタンの顔色を見てやってくれ。やはり強い毒だからこそ効くんじゃろうな、アレクサーとやらは」

「でも、ハドリー様にも効いているようですわね。車椅子はもうよろしいのですか？　しっかり立って歩いておられるようですが」

ニーナの母親に指摘され、祖父のやけに動揺した声が響いた。

「え？　……ああっ、これもアレクサーのおかげかもな！」

ボソボソと三人で話す声が続いた。だいたいお爺様は小声もデカいんだ。俺は気になって再び眠りにつくことができなかった。ランプが遠ざけられ、ほっとしてうっすら目を開けると、けっこう近くでしゃべってやがる。あっちに行ってくれ、と俺は思った。

祖父が躊躇いがちに、ニーナの父親に言った。

「頼みがあるんだ。前にも相談したが、例の薬――」

「インポテンツの薬の開発ですね」

ニーナの母が居心地悪そうに身じろぎする。夫人の前でなんて話を――。

「そうだ。スタンのインポテンツを早急に治してほしい」

ニーナの両親にも知られているのかよ！　もう殺せ、殺してくれ！　俺は叫び声をあげないように必死だった。

祖父は深刻な顔で、さらに衝撃的なことを告げた。

「ニーナたんは、スタンリーを好きなんじゃ」

いやいやバカな、何を言ってるんだジジイ。そう思いつつも、耳を澄ましてしまう。

「間違いない。見ていれば分かる。年の功ってやつだ」

……うそ、本当に？　俺は期待に胸を弾ませた。

「だから、インポテンツなのが申し訳なくてな」

すると、意外にも口を出したのはニーナの母だ。

「ニーナは、エイベルがある程度大きくなったら、離婚するつもりだと申しておりました」

彼女が言いにくそうに告げた事実は、どすっと俺の鳩尾に穴を開けた。とびきり大きな風穴だ。

「一度別れているカップルを、周りがとやかく言うのは――」

「いや、話を聞いてくれ奥さん、本当にニーナたんは――」

俺は思わず呻き声をあげていた。風穴は、魔獣に抉られた時の傷より痛くて、耐えきれなかったのだ。

ニーナが、離婚を望んでいる。そりゃそうだろう。辺境伯を息子に継がせるためだけの契約結婚だぞ。俺は何を浮かれていたんだ。俺が過去に彼女にやったことを思えば当然だろ！

おそらく苦悶の表情を浮かべてしまったのだと思う。三人が俺の様子を心配そうに窺ったのが分かった。

「起きてしまうな、向こうで話そう」

三人の気配が去ったのに、俺はやはり眠れなかった。シーンとなった暗闇。目を開けているのか、それとも閉じているのかも、俺には分からなくなっていた。

「離婚……」

彼女を解き放つべき。そう、分かっていたはずだ。

「嫌だ」

俺は殿下の次に我儘なのかもしれない。ニーナを他の男に取られたら死んでしまう。どうすればいい？

決まっている。彼女に、この強姦魔を好きになってもらうしかない。そんなことが可能なのか？

奇跡でも起きない限り難しいのではないか？

強姦被害者が、加害者を好きになるわけがないんだ。考えたら分かることだろ、このバカ。

「ふん」

俺はその時、闇の中で決意したのだ。では、奇跡を起こしてやろう、と。

初心に返れ。まず彼女が優しいからといって、勘違いするな。付け上がるな。

幸い彼女は持ち前の前向きな性格のためか、あの仕打ちに対するトラウマ的なものは、それほどひどくないように思える。普通は強姦魔が傍にいたら恐れ慄き、すっとんで逃げるか、卵の殻をぶつけてくるくらいしそうなものだ。

それなのに——たとえ俺がインポテンツという認識であったからだとしても——同じ部屋で寝ることまで了承している。少なくとも嫌悪感は持ち合わせるべきだと思うのだ。これは彼女が言うとおり、恨みの矛先が強姦を命じた殿下であり、俺が彼の振るった棒——凶器そのものとしているからだろう。

むしろインポテンツになった俺の方が、よほどメンタルが弱い。彼女が俺に優しいのは、姿かたちがそっくりなエイベルの存在が大きいのだろうか。それとも、祖父の孫だから気を遣っているのか？

俺は、背中の裂傷を気にしてクッションを両脇に置いてくれたニーナを思い出した。

強姦魔相手に、優しすぎる。無防備すぎる。俺が見張っていないと、変な男に付け込まれそうだ。

俺が囲っておかないと絶対だめだ。男は狼だと学習しない女なんだから。

……分かっている、その狼代表が俺なことくらい。

だが、そこに打開策がある。悪い奴が雨の日に子犬を拾うとなんかいい奴に見える理論だ。既に好感度がどん底の俺には、怖いものは何もない。これ以上嫌われようがないからだ。ゼロどころかマイナスから俺を好きになってもらう。そのためには、とにかく汚名を雪ぐこと。

つまり、完璧な人間に――聖人君子になればいいのだ。

『欲情しているだけです』

ニーナの言葉を思い出した。ニーナは、俺が性的対象としてしか彼女を見ていないと思っている。拗らせた性癖の唯一の相手だからと。

そうとも、思えばあの初夜は失敗だった！　ニーナの善意に付け込んでしまった。だってニーナが助けてくれたお礼をって……くっそ！　バカ俺！

まずはとにかく彼女に欲情しないこと。冷静に彼女と向き合い、勃起を抑え込み、性的な意味などではなく、人間性が好きなのだと分かってもらわなければならない。

そもそも彼女の人間性とは？　悪いところなどあったか？　人懐っこく、分け隔てなく誰にでも優しいところは、むしろ長所ではないのか？

俺を含めた全男どもが勘違いし、全女どもが嫉妬しただけで、あざとい淫乱女ができあがってしまった。それは、はるか昔に行われた村八分や魔女狩りと同じ。

さらに不幸だったのは、好きになった相手が王太子殿下だったことだ。これを機に、ニーナは最高権力まで敵に回した。

愛を信じただけ。悪いところなど一切ない。あの行動すべてが計算でなかったとしたら、ただ運が悪かっただけの善人ではないか！　つまり彼女は天使。いや、女神のような存在なのだ。

まずいぞ、好きが溢れ出してくる。俺はどうにかして彼女に釣り合う男になる！


俺はそう決意した昨夜のことを思い出しながら、熱い湯を湛（たた）えた浴槽に身を沈めた。朝にはニーナはなんだかそっけなくなっていて、やはり弱っていたから優しかっただけなのか、と悲しくなった。どうにかして離婚を阻止しなければ。

イーライに手伝わせ、ニーナの母が調合したというやたらいい匂いのする石鹸やシャンプーで全身を洗う。

ああ、これ……彼女からいつも漂ってくる匂いだ。ここに彼女自身の香りがブレンドされて、俺の勃起を促すのか。やっかいだな。

でも、彼女と同じ匂いになった気がして嬉しかった。

「肩や背中の傷はいい感じに治ってますね。毒矢を受けたところは傷自体が浅いし」

イーライが、背中を流しながら言った。

「殿下をお送りする時も、消毒と塗り薬をニーナに言われた通り塗っていたからな」

「ニーナちゃ——奥様は、大変心配しておいででしたよ。ハドリー様よりも一」

俺はぴくっと顔を上げた。

胸の上でわんわん泣いていた彼女を思い出す。これは……脈ありだ。

欲情せずにいいところを見せれば、彼女を落とせるかもしれない。

ところが、そんな俺に試練を与えたのは、他でもない。俺の祖父であるウィンドカスター辺境伯だった。

二人目が欲しいのう、女の子がよい

ここしばらく荒れた天候が続いている。外は吹雪だ。一歩外に出ただけで遭難しそうだった。

ニーナはエイベルを屋敷に残し、実家に戻っていた。天候の悪化で戻ってこられない、そう思いたいが……やはり俺がいるせいで、居心地が悪いのだろうな。あちらに入り浸っているように思えた。

動けるようになった俺は、リハビリがてら、大ホールでエイベルと室内キャッチボールをして遊んでいた。

開き直ったのか、最近車椅子すら使わなくなってきた祖父がやってきたのは、そんな時だ。

窓際に寄りかかり、俺たちが遊ぶ姿を目を細めて眺めていたこの祖父。しばらくして、とんでもないことを命じてきた。

「二人目を作れ、スタン」

俺は柔らかいボールをエイベルに放ってから、聞き間違えたかと思い、祖父の方を振り返った。

「は？」

「最近エイベルの運動能力に、ついていけなくなってきた。女の子とお人形ごっこをして遊びたい」

逆光で表情は読めないが、声は本気だ。この人、余命宣告されていたこと忘れていない？

「お爺様、お忘れかと思いますが、俺はインポぶべらっっ」

エイベルの投げたボールが顔面に当たり、俺は鼻を押さえた。跳ね返ったボールを祖父はキャッチし、おら取ってこい、とイーライの方に投げる。

暖炉の灰を掻きだしていたイーライが、気配を感じて振り返る。運悪くその顔面にボールが直撃すると、キャッキャしながらエイベルが駆け寄っていった。イーライは仕方なく作業をやめる。俺はエイベルを彼に任せ、祖父を睨んだ。

「おら取ってこいって、犬じゃないんですから」

「活発になってきたから、うちの老犬たちもげっそりしてきている」

「仕方ないですよ、冬ですからね」

外遊びが無理そうな日は、こうやって大ホールでエイベルを遊ばせているのだ。悪天候が続くと、運動不足になってしまう。俺は窓に吹きつける雪を見て、砦にいるやつらを気の毒に思った。

こんな日でも歩哨は立つ。たまにうっかりうたた寝して、凍死者が出るんですぜい？　とオヤッサンが言っていたが、スキットル片手に見張りをする彼が一番心配だった。

「来年の冬は、ちゃんと司令官の務めを果たします。では」

俺は祖父から逃げようとして、大ホールの出口に向かった。ドスッと音がした。横を見ると、開きかけた扉に、剣が突き刺さっている。

ビィイインと揺れているそれを見て、俺は生唾を呑み込んだ。壁に飾られていた古風な剣を投げつけた老人は、いけしゃあしゃあと言った。

「話は終わっていない。女の子が欲しい。いや、もう男の子でもいいから、もう一度ちっちゃいエイベルに会いたい」

このジジイ、エイベルが成長してきて寂しくなってやがる。

「産め！」

「産めるかっ！」

口から産めってのかよ！　それに男一人で産めるかっての。

「インポテンツを治せ！」

「そう言われましても……」

とっくに治っているとはいえない。ニーナ相手には、そもそも最初から　インポテンツになどなっていない。罪悪感で目を逸らすと、祖父は白い髭に覆われた口を歪めた。

「罪な男じゃ。ニーナたんはな、ありゃお前とやりたがってるぞ」

なんか、猥談はじめてきたぞ！

そうか。ジジイ、まだニーナが俺のことを好きだと勘違いしているな。

「どんな喧嘩をしたか、本当のところは知らんが、いつもお前を目で追っている。気づいておらんか？」

そんなばかな……。俺は戸惑った。離婚を思い止まらせるため、ニーナにはあまり近づかないようにしている。視界に入れるだけで勃起するのだから、聖人君子計画はなかなかうまくいっていない。僧侶ってすごいな、と思う。

「毒矢で射抜かれて戻ってきた時、わしもマクニールも、わりとさっさと見放したんだ」

ひどくないかっ⁉

「だって半分死んでたんだもん」

「だもん、じゃありませんよ。泣いてくれたのはニーナひとりですか⁉」

祖父はくっくっくと笑いながら頷いた。

「大丈夫だ、わしの妹もちょっとだけ泣いておったぞ。いやー、ニーナたん、あんなにお前のことを好きだとはねぇ。半狂乱だったわい」

「――っ」

顔が赤くなる。……本当に？　いや、期待してはダメだ。だって俺、惚れられるようなことは、何もやっていない。股間をコントロールできていないのだ。

「ありゃー絶対若い肉体を持てあましておる。お前に抱かれたがっておる」

エロジジイか！　絶対それはないだろ。いやそう思うのも分かるけど。彼女はいつも誘っているように見えるからな。でもそれは誤解なんだ。俺はもう、そんな勘違いをして彼女を傷つけたくないんだ。

「今後は寝室を毎晩共にせい」

「いやいやいや、待ってくださいっ」

「インポテンツはなんとかするから」

あんたがどうにかすることじゃないだろう、俺の問題だぞ。治ってるけどな！

祖父は剣を扉から引き抜くと、勢いでマホガニーのドアに傷つけちゃった、イブリン(家政婦長)に絞殺される、とモグモグ呟きながら、去りぎわに俺を睨(にら)んだ。

「命令じゃぞスタンリー。ウィンドカスター辺境伯家当主からの最後の命令じゃ」

「え？」

「延期になっておったが、当主を交代する。スタン、お前が辺境伯だ」

※　※

私は雪に閉ざされた店舗の中から、辺境伯のお屋敷の白く霞む屋根を見ていた。

エイベルは置いてきた。なかなか外遊びができないせいか、動きが活発になってきている。薬局には劇薬も置いてあるから、暴れて瓶が割れたら大変だもの。

ここ最近、豪快な遊びをしてくれるスタンリー様によく懐いて、なんとなく取られたような気分だ。面白くない。一番大変な時に、スタンリー様はいなかったくせに。

ま、その分ハドリー様をはじめ、使用人仲間や犬猫がたくさん遊んでくれたからいいんだけどさ。

バブバブした可愛い時期を見られなかったわけだしね、ざまぁみろ。

一瞬、赤ちゃんの頃のエイベルを抱っこしているスタンリー様を、思い浮かべてしまった。乳児のエイベルが長身のスタンリー様に抱っこされたら、木に留まったセミみたいにちっちゃく見えて、可愛いだろうな。

店先のカウンターに肘を突いて顎を乗せ、ため息をついた。こう吹雪がひどいと外に出るのも一苦労だ。お客さんはいない。暇だと、ろくな想像をしないな……

「退屈だなぁ……」

スタンリー様は、全快してからずっと様子がおかしい。再会した頃のようによそよそしいのだ。破廉恥ウェディングドレスのせいで、またもアバズレだと思われているのかも……。エロイーズったらひどい、騙すんだもん。あの格好を家政婦長のイブリンさんに見つかって、なんて破廉恥なの！　とガミガミ怒られてやっと気づいたけど、後の祭りだった。

とにかく、目も合わせてくれないスタンリー様が辛くて、私は実家に入り浸るようになってしまった。優しくしてあげたのに、何よっ。

店舗の奥に目をやる。ラボには、違う意味での客が一人来ていた。全身を寒冷地用コートでぐるぐる巻きにして、馬橇（ばそり）でやってきた父の客だ。

「アレクサーってすごいな」

父と知り合いの錬金術師は、アレクサーから抽出した液の入った瓶を持ち上げ、嬉しそうに眺めている。無色透明の綺麗な薬液だ。解毒剤とは精製方法が違って、別の薬効がある。父も満足そう。

「我々の力だけでは完成しなかったよ。やはり付け焼刃の知識じゃ、いい薬はできん」

「なぁに、全部アレクサーの力だよ。だが約束してくれ、必ずアレクサーの採取許可を辺境伯にもらってほしい」

私が掘りだしたアレクサーはもうない。一株は植えてみたが、時期が悪いのか土が悪いのか、うまく育たなくて枯れてしまった。

でもアレクサーの効力は、危険を冒してでも取りに行く価値があると分かった。

「領地軍が協力してくれれば、また株を取ってくることができる。植物学者に頼んで防壁内で栽培する研究をはじめるべきだ」

二人ともアレクサーに夢中だった。

「まさか、インポテンツが治る薬ができるとはな」

「そうだな、辺境伯もさすがにアレクサーの栽培を視野に入れるだろう。スタンリー様の病気が治るんだから」

ぎくぅ。

「あの、それは――」

「いいかニーナ。不安だとは思う。治験を繰り返し、副作用の有無も確認した薬が、陛下に合わなかったんだ。新薬の危険性は我々もよく分かっている。だからあくまでもこれは、非売品だ」

別に、前に毒殺を疑われたせいで、渡すことを恐れているわけではなく――。

「咳止めだって解毒剤だって成功したんだ。大丈夫、ハドリー様自身が、責任を持つと言ってくれている。試すのは身内からの要望であると、証文も書いてくださった。安心してスタンリー様に使いたまえ」

「薬だけに頼ってはいけないぞ、やはり新妻の色気だ。それがインポテンツを治す最大の薬なのだからな」

錬金術師のおじさんまで口出ししてきたよ。身の置きどころがないっ！

母がお茶を入れて持ってきてくれたけど、どことなく顔を赤らめている。ごめんね、お母さま。男ってデリカシーない。

「ハドリー様から聞いたわ。好きなのね？」

わわわわ!?　私は動揺してオタオタしてしまった。えええ、もう勘弁してよ。

「スタンリー様が、好きなのね？」

もう一度聞かれて、私は顔を両手で覆った。

「好きよ、どうしようもなかったの」

お母さまが満足そうに頷く。

「がんばりなさい」

何を!?

私はよそよそしいスタンリー様を思い出し、顔を曇らせた。そっけないんだってば、なんか避けられてるんだってば！

ところが、お屋敷ではとんでもないことになっていた。

インポテンツの特効薬ができたことを知ったハドリー様が、何を思ったのか私を外出禁止にし、夜はスタンリー様と同部屋で寝るよう指示してきたのだ。

「だいたいな、こんなに吹雪く日が多いのに、実家と屋敷を行き来したら危険だろ？　なぜスタンリーを避ける？」

ハドリー様に言われて、私は不貞腐れて言った。

「だって、スタンリー様が目を合わせてくれないんですもん」

ハドリー様はしたり顔で頷く。

「奴は悩んでおるんだ」

「悩む？」

「インポテンツで新妻を楽しませてやれないことにな！」

それはないっての！　みんな勘違いしてる。でも……彼が私にだけ勃つなんて知らないんだから、仕方ないのかもしれないわね。

そんなこんなで、じわじわと私たちをくっつけよう作戦が進んでいるようだった。嫌な予感がする。


スタンリー様は療養中とはいえ、体が鈍ることを極度に警戒していた。上半身裸で、エイベルをダンベル代わりにして筋トレに勤しんでいる。

「お茶、入れましたよ」

屋敷の手伝いはいいから夫と触れ合いたまえと命じられ、渋々こちらからスタンリー様に近づいていく。

「ああ、ありがとう。置いておいてくれ」

スタンリー様はこちらを見ようともしない。なのに、エイベルのことはデレデレした目で見る。

エイベルは元々、物怖じしない人懐っこい子だからなぁ……。いつの間にか、スタンリー様を完全に父親として受け入れている。そっくりな二人の間に生まれた絆を見て、なんとなく面白くない。

……あれ。

エイベルを取られたから面白くないんだと思っていたけど、違うかも……。スタンリー様が私を見てくれなくなったから……エイベルとばっかり遊ぶから、そっちに焼き餅を焼いているのかも。

もやもやした自分の気持ちに、ひどく苛立った。

「あのですね。ハドリー様が、今夜から私も同じ部屋で寝なさいって」

「俺は、エイベルと犬(タロー)と、あと猫(ミケーニャ)と寝るから」

「だって、命令ですよ」

「もう俺が辺境伯だから、命令に従わなきゃならない謂れはない。あのジジイ、余命わずかとか嘘つきやがって、もう騙されないからな」

ああそうですかー。ふん。そんなに私と同じ部屋は嫌ですか。

大ホールにある筋トレグッズを眺めながら、脳筋め、と心中で吐き捨てる。本当なら、着飾ってダンスとかするところじゃないの、この部屋。なんで訓練部屋になっているのよ。

「高い高いばかりして……。名前は似ているけどエイベルは、ダンベルでもバーベルでもありませんからね」

ていうか――上半身裸とか、そっちこそ私を誘惑しているじゃない。なんでそんなにお腹割れてるの？　板チョコなの？　汗が滴ってなんだかいやらしいわ。

「用がないなら、あっちに行ってくれないか」

むぅ。私はカッカしながらホールを出ていった。ところが、エイベルが後からトットットットッと追いかけてきた。

「あれ、どうしたの、ダンベ――じゃないエイベル」

「なんかね、パパしゃま高い高いしてくれなくなったでしゅ。おしゅわりしたまま動かなくなったでしゅよ」

まだちょっと舌っ足らずだけど、だいぶ言葉をはっきり話せるようになってきたエイベルだ。

「ママが顔を出したら、なんかいろいろダメなんだって、そーりょケーカクがパーだとか言ってたでしゅよ」

ソーリョ計画……何かしらそれ。まあ――ちょっと変わった人だしな。

うーん、どうしたものか。ハドリー様も頑固だものね。スタンリー様が眠った頃に忍び込んで、ソファーで寝るしかないのかな。


しかし就寝前になると、そんなに悠長なことを言っていられなくなった。

「インポテンツの薬だが、寝室の水差しの中に入れておくようアンに命じておいたからな。ひと口飲めば、死んだように眠っているあやつの股間も、立派な辺境伯になることだろうよ」

カッカッカッと笑うハドリー様に、のんびり寝支度をしつつ時間稼ぎをしていた私は慌てふためくいて、本来なら夫婦の寝室であるスタンリー様の部屋に突進する。

インポテンツの治癒薬を、インポテンツじゃない人が飲むとどうなるか、薬剤師的には興味がある。でもさすがに、エイベルの父親でそれを試すのは憚られた。だいたいあれは、薬剤師の私から見て、まだまだ臨床試験が足りない気がするの。父は有志――枯れた老人数名――を募って協力を仰ぎ、効能を試したって言っていたけどね。

ちなみにハドリー様の股間は、亡くなった奥様の肖像画で妄想するとまだご健在らしいので、被検体にはなっていないのだとか。体に危険な要素は一切ないと私の父は言うけど、副作用のない薬はないっていうし、なんか怖い。

私は誰もいない寝室に飛び込み、用意してあった白磁の水差しを手に取った。

「…………」

もったいないと思いつつ、水差しの中身を空の洗面器に捨てた。どちらにしろ、アレクサーがあまり手に入らないなら、治験は十分にできない。承認されない非売品のままだもの、これでいい。

ほっと胸を撫で下ろし、暖炉の火の調整をしてから部屋を出ようとした。スタンリー様が眠りについてからまた来よう、そう思ったのだ。

ところが、取っ手を掴んで手を回すも――開かない！　鍵⁉　鍵掛けられた⁉

ハドリー様の悪魔のような笑顔が蘇る。

「もうっ！」

しばらく右往左往していたが、仕方なくソファーに座り込んだ。パチパチ燃える暖炉の灯りに照らされ、ドキドキしていた胸が、ちょっとずつ落ち着いてくる。なんとなく室内が、ピンクに統一されている気がする。ベッドカバーや枕カバー。毛布にクッションまで、主にベッド周りがピンクだ。ハドリー様めぇええええ。

緊張で、喉が渇いてきた。でも水差しの水は捨ててしまったからな……

部屋の片隅にバーカウンターがあるので、ブランデーを少しあおった。なんだか体が火照って、よけい喉が渇いたような気がする。

意識しすぎよ。よし、先に寝てしまおう。その方がスタンリー様も気を遣わないだろう。

ピンク色の毛布をソファーに一枚持ってきて包まる。

でも、頭が冴えてしまい、なかなか眠りにつけない。

――どうして、スタンリー様はそっけなくなってしまったんだろう。私、何かしたかな?

思い当たるのは、彼を看病していたあの日。

やっぱり、お色気うっふんウェディングドレスで、いろいろやりすぎたからだわ。

そうよね、いきなり黒の騎士――いや、辺境伯に食らいついたんだもん。今度こそ、淫乱アバズレ女だと呆れられたのだわ。

ぐすっ、と涙が零れる。なんであんなことしちゃったのかしら。だってエロイーズが……。いいえ、やっぱり私、本当にアバズレなのかもしれないわ。こんなビッチが、あんな生真面目なスタンリー様と同じ部屋で寝たって、気まずいだけなのにな。

私はあの人に不快な思いをさせてしまうんだわ。彼は潔癖な人なの。少なくとも、そうありたい人。だから私に勃起するのが許せないに違いない。

ぐすっとまた鼻を啜った。涙じゃないもの。うん、鼻水よね。ちょっと寒いな。

薪を足して、暖炉の火を少し大きくしてから、ブランデーをもう少し拝借した。おかげでほんわか温まってきた。

再び毛布に包まってウトウトしていると、暖炉の火を大きくしすぎたのか、ブランデーを飲みすぎたのか、尋常でなく暑くなってきた。

「あっつ」

私は毛布を剥ぎ、ナイトドレスの首周りを緩める。

熱でもあるのかしら。いえ、そういう熱さじゃないわ。

火照ってくる体を抱きしめ、私はソファーの上でのたうち回った。

おかしい。なんだか肌が粟立って敏感になっている。

布地が擦れるだけで、ぞくぞくと寒気に似たものが背中を這い上る。

やっぱり風邪なのかしら?

乳首がコチコチに尖り、ナイトドレスのコットンを押し上げていた。私は全身を抱きしめたまま、ソファーの下に転がり落ちてしまう。長い毛足のカーペットの中に埋もれるように、うずくまった。

助けて。なんか、変。

ちょうどそこへ、スタンリー様が入ってきた。

「ニーナ、ブランデーを飲むなよ。アンがインポテンツの薬を投入したらしいからな」

手遅れぇぇええっ！

※　※

「ぼく、今日はおじーと寝ましゅ、パパしゃま。今日はいい子にママと寝んねしてくだしゃい」

やっとニーナを拒絶したというのに、その夜は犬猫も没収されたし、エイベルまで確保されてしまった。ジジイめ、なんとしても俺の聖人君子計画を邪魔する気だな！

「ママと同じお布団で寝てくだしゃい。いつも僕にやっているみたいに、眠るまでヨシヨシしてくだしゃいね」

ナイトキャップ姿でクマのぬいぐるみを抱きしめ、ニコッと笑うエイベル。かわゆっ、エクボに豆詰め込むぞ！

さらには南方のスポーツ、カバディよろしく使用人たちに取り囲まれ、俺は強引に寝室に追いやられた。

「薬、しっかり飲んでくださいね！」

アンに釘を刺されたが、俺には不要なんだってば。どちらにしろ、ニーナが怪しい薬を間違って飲まないよう、撤収しなきゃな。

部屋に入ったとたん、俺は仰天した。ニーナが五体投地状態で、床にうずくまっていたからだ。

なんの儀式!?

いや、よく見たら震えを堪えている。ソファーから落ちて頭でも打ったのか？

俺は揺らさないよう慎重に彼女を抱え上げ、ベッドに寝かせた。マクニールを呼びに行こうと背を向けた俺の腰に、ニーナがしがみついてきた。

「え？　なんだよ、ちょっ」

振り返った瞬間、胸倉を掴んだ手が俺を引き寄せる。

「ニーナ、まだ動いちゃダメぶちゅう――」

柔らかい唇が、覆いかぶさるように俺のそれを塞いでいた。俺は息を呑んだ。ベッドランプに照らされたニーナの顔が、とろけたように緩んでいる。

「んっ――んんっ」

俺は彼女を引き離そうとした。

なんなんだ、さっそく試練か!?　みんなで俺を、俺の股間を試そうというのだな！　だが残念だな、俺はたくさん自己処理して準備万端、既に欲望はスッカラカンなんだよ！

誘惑には負けない。初夜の時のように、暴走しない。なぜならこのままじゃ俺は、ニーナに欲情しているだけの強姦魔。

しかし困ったことに、俺は彼女のむっちんプリンな見た目にも惚れているのだ。これはどうしようもない。ニーナの人間性に惚れていることを証明するには、無我の境地になるしかないではないか。

チュポンと唇を放すと、ニーナは荒く呼吸しながら、息も絶え絶えに囁いてきた。

「抱いて――スタンリー様」

強烈な欲望にくらくらと目眩がした。俺の聖人君子計画が瓦解する。体中の血が股間に結集し、いとも簡単に俺の辺境伯は強ばってしまったのだ。

嘘だろ……摩擦で皮がむけるんじゃないかってほど、出してきたのに。

「ニーナ……」

「抱いてぇ！」

理性の糸を断ち切られそうになり俺が呻いたその時、口の中に広がるブランデーの香りに気づく。ゆるゆると、原因が分かってきた。

「ニーナ、飲んだのか？」

上気した顔に潤んだ瞳。これ……アレクサーが、性欲を増進させたのか？

ニーナが待ちきれずに、自分の乳房を揉みしだきだした。

「お願い、抱いて」

待て待て待て。これはニーナの本心ではない。勃起不全の起爆剤、催淫作用だ。おそらくアレクサーの新薬は、インポテンツだろうが不感症だろうが、正常だろうが異常だろうが、男女関係なく興奮させる薬。

「ただの都合のいい媚薬じゃないか！」

ついにはナイトドレスを脱ぎはじめたニーナを、俺は慌てて止めた。

「こらニーナッ、やめなさい。俺は君を抱きたいだけじゃないんだ。君と――」

愛し合いたいんだ。こんなの望んじゃいない。

「うそ！」

ニーナの瞳から涙が零れ落ちる。俺は驚いてニーナの濡れた頬を見つめ、黙った。

「私なんか抱きたくないくせに」

ニーナはナイトドレスを頭から脱ぎ捨てる。色っぽい下着のまま――誰の差し金か、やたらときわどい玄人仕様のやつを着せられている――キッと俺を睨みつけた。

「私にしか勃起しないから、仕方なく私と結婚したんでしょ！　本当なら、エイベルだけ欲しいんだわ！」

苦しそうに叫んだ後、乳首しか隠してないマイクロサイズのブラジャーの上から、胸を揉みしだく。ニーナは恍惚としたため息をついた。

「いいもん、自分でやるから」

柔らかく形を変える肉の塊。ニーナはちっちゃな三角形のブラからずれて飛び出した先端を指で転がし、切なげに吐息を漏らした。彼女の片手が、脚の間に伸びる。

「バカを言うな、俺の前でそんなことしたら――」

俺はその手首を掴み上げていた。

また彼女を汚してしまう。今の俺はあの時よりも容赦ないだろう。

細い手首に力を入れると、一生懸命振り払おうとしている。そのたびに素晴らしい巨乳が跳ねるのだ。ちょっと……本当に俺、死ぬぞ！

「ニーナ、聞いてくれ。君にしか勃起しないのは、確かにあの経験が要因だ。だが、よくよく思い返せば、俺はずっと君を意識していたんだ」

ついにはポカポカ叩き出したニーナに、どう分からせたらいいか分からず、そのまま引き寄せてギュッと抱きしめていた。

裸の体がキンキンに熱くて心配になる。腕の中で、熱を持ったその柔らかい体がのたうった。

「好きだ……愛しているんだニーナ、どうしたら分かってくれる？」

※　※

私のこと、愛してるですって？

一瞬、強烈な性欲を忘れるほどの歓喜が沸き上がった。確かにこんな淫乱丸出しで誘っている私を見ても、ムラムラした様子がない。

真剣に愛を告白してくれるというの？　私の体じゃなく、私自身を求めてくれるの？

でも――

「ニーナ。辺境伯の屋敷での君は、王都時代となんら変わってない。今なら分かる。君は男に媚びていたわけではなく、誰にでも分け隔てなく接し、気さくで優しかっただけだ。俺はそんな君を淫乱と決めつけていたが、なんのことはない、俺だってつい目で追ってしまっていて、それを認めたくなかっただけなんだ。だがいつの間にか君のことを愛さずにいられれ――」

「今そういうのいいですから」

私はスタンリー様をベッドに押し倒していた。

せっかく彼が何かいい話をしていたのに、その低く心地よいバリトンの声を聞いているだけで、体の中が潤みきってしまう。渇きを宥めてほしい。どうしたらいいの？

初夜の日に、気持ちよくしてくれたことを思い出す。熱い舌を、また私の中に挿れてほしいな。スタンリー様、途中でやめちゃったけど、あれには続きがあるのでしょう？　それに——

彼の骨ばった長い指を見て、生唾を飲み込む。それを奥まで差し込んでかき回してくれたら、満足できる気がするの。

想像して何度も唇を舐める。無性に寂しい足の間を、スタンリー様に触ってほしかった。

「どうにかして。スタンリー様ならできるでしょ？」

私の指より、太くて長いもん。

「分かって言ってるのか？」

厳しい表情のスタンリー様。足の間から何か滴り落ちてくる。それが、スタンリー様のガウンを汚している。ごめんなさい、でも仕方ないの。腰がむずむずして止まらないの。

「痛くても、辛くてもいいわ。お願い、体の中に何か挿れないと、死んじゃう」

スタンリー様の真紅の目が、すっと細められた。

「痛くても、辛くてもいい？」

「だって、あそこが疼くんだもん、このままじゃ——」

ぐぐっとスタンリー様が腹筋で起き上がった。間近に顔を近づけられ、ほうっと見とれてしまう。イケメンすぎないか。性格がもっと柔らかくて器用なら、この人、国一番のモテ男になっていたんじゃないかしら。

「んっ」

スタンリー様がそのまま唇を重ねてきた。ぬるっと舌が入ってくる。あ……気持ちいい。やっとスタンリー様が応えてくれた。

舌を絡ませて、夢中で貪り合った。気持ちいい。じわっと、さらに脚の間が潤うのが分かった。

スタンリー様が無理やり唇を引き離して、悲しげに首を振る。

「だめだっ！　変な薬で我を忘れたニーナを、抱きたくないんだ」

「いやっ、もっとチューして！　愛してっ！」

スタンリー様は背を向ける。大きな背中を見るだけで、あそこが疼いた。

「薬などの影響なしに、君がそれを本心から言ってくれたら」

そう呟いて、寝室の棚に向かって歩いていく。やだ、行かないでよ！

スタンリー様は、引き出しをごそごそ漁っていた。確か、寝る前の筋トレグッズがしまってあるところだ。

あった、あった、と言いながら、くるりと振り返ったその手には、自作の筋肉負荷増強バンドが握られていた。思わず目が点になる。

彼が使っているのを見たことがあるが、伸縮性のある植物の赤い蔓（つる）でできている、長い紐状の筋トレグッズである。一本ずつ足のつま先にひっかけて、二の腕をぶんぶん振り回していたっけ……まさか、それで私を殴るの？　ゴミを見るような目で罵りながら、ベッチンベッチンお仕置きするの？　それとも入り組んだ縛り方で私をハムみたいにするの？

ゾクゾクした。そんな趣味ないのに。

ところが彼は、期待に胸を弾ませて乳房を揉みしだいていた私の両手首を掴み、後ろ手に縛り上げたではないか。刺激から遠ざけられた胸の尖端が寂しくなって、私はふるふると首を横に振る。

「いやぁっ、もっと触る」

「……悪い子だ」

スタンリー様の方も、なぜだかとても苦しそうに見えた。

「アレクサーが切れるまで、そうやってなさい」

掠れた声でそう言ってベッドから降りると、彼は椅子に腰かけた。

「えぇえ、ひどい！　抱いてスタンリー様、愛してるの！」

「ひどくない。もし薬が切れてもなお同じことを言えるなら、俺は君を――」

彼の股間が、ガウンの合わせ目から跳ね上がった。

「この凶器で貫く」

ごくっと唾を呑み込んだ。処女同然の私なのに、それがどう作用するか知っている。涎が止まらない。たぶん、指よりずっと……

「いい子になるから、お願い……それ、それを私に……」

それでいっぱいに満たしてほしい。……おかしいわ。だってそれ、すごく痛かったやつよ？

私を傷つけたモノなのに。

「そ、それ欲ちいのぉ」

「――っ……ニーナ。こんなこと言いたくないが、君はそんな女だったのかい？」

ハッと私のとろけた脳髄が一瞬正気に返る。そうよ。私、ビッチだと思われたくないの。スタンリー様にだけは、誤解されたくない。疼く欲望をがんばって無視する。

「ふ、ふん、あなたなんか欲しくないんだから」

スタンリー様は目元を和ませた。

「いい子だ。見ていてあげるから、がんばりなさい」

そうして彼は、自分自身をゆっくりしごきだした。

は、はあ⁉　何やってるの、ずるくない？

こっちはコチコチに固くなった乳首を触ることもできないのに、自分だけ何やってるのよ！

目の前でそんなことされたら、ますます体が熱くなってきて、あちこち疼いてくる。スタンリー様は私から目を逸らさずに、見せつけるように赤黒く猛ったモノをしごいている。それを見たら、指どころかそれが欲しくて欲しくてたまらなくなった。あれは痛いモノなのに、どうして？

スタンリー様の辺境伯を触ったり舐めたりしたせいで慣れたのかしら。それとも、これが雌の本能なの？

物欲しげに見ていることに気づいたのだろう、スタンリー様は美しい形の唇を歪めた。まるで私がどう思っているか分かったみたいじゃない。

むぅ。どうしてこの人はいつもこう意地悪なの？　拘束された手首を引っ張るも、伸びただけで解けない。もどかしくて死にそう。

「きらいっ」

ほろっと涙が零れる。私は涙を見られないよう顔を背けた。

「自分ばっかり気持ちよくなって、私だけ苦しくして、これじゃあ拷問じゃないっ！」

スタンリー様の動きが止まった。椅子から立ち上がり近づいてくる気配に、心臓が早鐘を打つ。

もっと近くに来て……

覗き込んでくる深紅の瞳が、私の泣き濡れた頬を捉え、見開かれる。

「泣いているのか？　苦しい？」

「当たり前でしょ！」

マットレスに手を置き、身を乗り出すスタンリー様。ギシッとベッドがきしんだ。それだけで、私は頬を染めた。恥も外聞もなく懇願していた。

「ねぇ、またキスして」

きゅっ、とスタンリー様の眉間に皺が寄る。なによケチ！　いいじゃない、キスくらい！

ところが、この口が、さらにとんでもないことを要求してしまった。

「おっぱい……揉んでよぉ」

ハラハラ涙が零れる。恥ずかしくて。

「あそこも……触ってよぉ」

なんてこと、言わせるのよ！

ついにはひんひん咽び泣いてしまう私。じっと視線を注いでいたスタンリー様の目が細められる。

「一回達した方がいいのかもな。アレクサーが抜けるのを待つのは、時間がかかる」

スタンリー様は躊躇った後、そっと片手を伸ばす。ふわりと剥き出しの乳房を優しく包み込んでくれたのは、剣ダコのある硬い手の平だった。ああっ、これが欲しかったの。こうしてほしかったの！

いい、気持ちいい。私はうっとり目をつぶった。もっといっぱい触って、スタンリー様！

身をくねらせると、乳房が揺れたのが分かった。スタンリー様の赤い瞳が光る。

「俺も……苦しい」

「本当？　……んっ」

やわやわと揉みしだかれ、私は目をつぶってその刺激を堪能した。

「あんぅ」

乳輪をなぞっていた彼の長い指が、硬くなった胸の尖端を撫でる。私は喉を鳴らした。気持ちいい。こりこり、こりこり、初夜の時より優しく、でもしつこく、スタンリー様は私の乳首を弄ぶ。

「くっ……っ、シュタンリーしゃま、ぎゅって……抱きしめてぇ」

スタンリー様は何か堪えるような顔をした。でも観念したように、私を膝の上に抱き上げてくれた。

「うあっうぁぁ」

彼のガウンで肌が擦れ、ビクンと体が反った。

「もっと強く抱いてぇ！」

柔らかい乳房が彼の胸筋に押しつぶされ、尖端がパイル地のガウンに擦られた。ますますびちょびちょになって疼く秘部に、我慢できなくなる。私は無意識に、ガウンがめくれたスタンリー様の腿に股間を押し当てて擦りつけていた。

ぬちゃぬちゃ音がする。彼の腿を汚してしまっているのに、腰が止まらない。その刺激のおかげで、快感が背中を這い上がってくる。そんなはしたない自分が恥ずかしくて、スタンリー様から顔を背けると、顎を掴まれた。

「顔、隠すなよ」

視線が一瞬絡み合うも、居たたまれずに今度は目を閉じてしまう。私は彼の刺し貫くような視線から逃げたのだ。だって、ひどい顔してるもん。理性の飛んだ、スタンリー様が嫌いな淫乱ビッチそのものの雌犬みたいな顔だもの。

「嫌わないで」

思わず、ぽつっと呟いていた。

「好きなの。男なんてダメなのに、また好きになっちゃったの」

スタンリー様が息を呑んだ。

「裏切られても仕方ないって思えるほど……どうしようもないの」

泣きながら告白すると、スタンリー様は私のお尻を両手で包み込み、ひょいと上に持ち上げた。

「ちゃんと聞きたい――冷静に、話し合わないとな。お互い」

何かが秘部に押し当てられた。

「……っ？」

「二度と君には挿れられないと思っていた……」

灼熱のそれは、指なんか比べ物にならない太さで……靄がかかった私の頭でも、その正体が何か分かった。アレだ。欲しくてほしくて堪らなかったモノ。でも――

「こわいっ」

欲しいのに、怖い。牢で犯された時の、あの痛いやつだもの。傲慢な騎士そのものだ。

「こわいよ」

欲しくて仕方ない。それでも痛みに身構えてしまう。

「指の方がいいよ」

「ニーナ」

スタンリー様がお尻を支えながら、前後に温かい肉の杭をすりつける。彼は額に汗をびっしょり浮かべて言った。

「痛くなんかならないよ。もう君の中の準備にできている。吸い込まれそうだ」

それから忌々しげに吐き捨てた。

「くそっ、俺が君をこんな風にしたかったんだ！　妙な薬などではなく」

次の瞬間、スタンリー様は私の尻を支えていた腕から力を抜いた。

目の奥に火花が散った。

「あぁぁっあああああああああああ！」

あられもない絶叫を放って、私は放心していた。意識が焼ききれたのだ。エロイーズが言った通りになった。

『イったことないの⁉　文字通り逝くのよ？』

なにこれ、臨死体験？　気絶なんて滅多にしないけど、ふわっと魂だけ飛び立つ感じだった。

「一突きで、達したんだね」

耳元で、吐息まじりの掠れた低い声が囁いたけど、私はそれをぼんやり聞いているだけ。

「さすがアレクサー。媚薬としての方が売れそうだ」

続けてスタンリー様が呟くも、私の正常な思考のはるか彼方から聞こえてくるようだった。まだ、信じられない。どこか異空間に飛ばされたみたい。

うわー……すごい。イクって……すごい。

私はふーっと長く息を吐き、体の火照りを逃がす。

徐々に靄(もや)が晴れ、頭の中がすっきりしてきた。甘ったるく私に纏いついていた淫らな気分が、やっと満たされたのだ。気が抜けてしまった私はスタンリー様の肩に額をつけ、もたれかかる。

自分がいわゆる果てた後の状態で、脱力していることを知った。

私、これを知らずに子持ちになったのね。本当に、すごかった……

でも落ち着いてくると、いろいろ思い出してしまい――。乱れ狂って懇願した自分を見られてしまった。恥ずかしいやら気まずいやら。

「ふふっ。アレクサー、こっわっ」

敢えて爽やかに――内心を悟られないよう、明るく――同意を求めようと顔を上げ、ぎょっとなった。

そこには、たった今人ひとり殺してきたかのような、肉食魔獣がいたからだ。

「ニーナ、もう一度言って」

「え？」

「アレクサーが切れた状態で聞きたい。俺のこと本当に好き？」

凶暴に見えるほど、その目がぎらついている。私は苦笑した。

「アレクサーなんて関係ありませんよ」

「……今でも、俺に抱かれたい？」

ざらついた声には、追い詰められているような、妙な迫力がある。私は照れくさく思いながらも、おずおず頷いた。恥ずかしいけど、それは嘘じゃない。

だって、気持ちよかったもん。アレクサーのせいかもしれないけれど、すごく気持ちよかった。

「――はい。また今度お願いしますね、ぜひ」

赤面を堪えつつ正直に答えたのに、スタンリー様の怖い顔は変わらない。

あら？　女からそんなことを言ったからかしら。また、はしたない淫乱だと思われちゃったの？

「……っているんだ」

「え？」

「なに勝手に終わった気でいるんだ」

獰猛な唸り声に目を見開くと、食いつくように激しく唇を吸われる。

そのままお尻を持ち上げられ、ズルッと硬い楔を抜かれた。私はそれで、まだ彼の猛りが硬いまま入っていたことにようやく気づいた。

「んっ⁉　ぐうっ」

口を塞がれたまま、今度はグンと突かれる。ふわっと意識が飛んだ。

うそ、また？

引き抜かれた。そしてまたすぐ挿れられる。待って、待って！

上下に私を動かすスタンリー様。あろうことか、先程のあの奇跡のような感覚が、小刻みに何度も襲ってくるではないか。

これは何？　私は何をされているの？

「っ！　っっ！　っっっ！」

掴み上げられたお尻を高速で揺すられ、まるで私が筋トレグッズだった。

「んぐぐっ！　ぎゅむっ！」

膣内を擦られ、最奥に……子宮の入口を、こじ開けようとするほど深く突かれ続ける私。

唇を吸われているので、声すら彼が吸収してしまうけど、私は意味不明の声なき喘ぎ声をあげていた。

　ぐりっと中をかき回したり、絶え間なく突き上げるものだから、もう気持ちよすぎて訳が分からなくなってしまったのだ。

　あ、このまま白い世界の住人になるんだわ……。今度こそふっと意識が遠のいた。

「こら、起きて」

「あうっ」

　唇を離したスタンリー様に、ピンッと乳首を弾かれた。弄られて赤く充血しているのに、そんなことしたら……

「俺がまだイってないだろ」

「でも、もう薬が切れて……」

「気持ちよくない？」

　スタンリー様が心配そうに眉を顰めた。そんなわけない。むしろさっきよりもっと……

「これ以上気持ちよくなったら……死んじゃうもん――あっ」

　スタンリー様は、乳房を持ち上げて尖端ごと舐めまわした。

「あうっ、オッパイをそんな――」

　じゅっと尖りを吸われ、甲高い悲鳴をあげる。

「その声、エロすぎる」

　スタンリー様は吐き捨ててから、私を仰向けに倒した。さらに開脚させ腿をぺたんとベッドに押しつける。その状態でズルズルと引っこ抜き、ドチュンと押し込んだ。

「あぐっ」

うそ、これ以上深く入るはずない。子宮口をこじ開けないで！

「天国は、一緒に逝くんだろ？」

ニヤリと意地悪く笑うと、スタンリー様は先程よりさらに速く腰を振り立てだした。

「うあっ！　うぁぁぁぁ！」

快楽の波が襲い掛かってくる。私は体をバラバラにされそうな感覚に我を忘れ、獣のような咆哮を上げていた。

やがて、天国の扉を天使たちが閉めようとする幻覚を見た後——現世に戻れずこのまま死ぬんだと納得した後、彼が私の中から辺境伯を引っこ抜いていた。お腹に熱いものがばら撒かれる。既視感。


やっと落ち着いたスタンリー様が、うっとりと、しかし心配そうに私を見下ろしながら、絞れるほど汗にまみれた前髪をかき上げてくれる。

「大丈夫？」

「…………」

茫然としていた。

痛くて、辛いものなんかじゃなかった。怖いものでも、暴力でもなく、快楽を味わう行為だった。

潤みきった体内に灼熱の肉の杭を埋められ、抉られ、かき回される。

それは前に刑罰として与えられた行為と同じはずなのに、まるきり違った。

彼と一つになれた感覚は、あまりに甘美で……

「天国に連れていってくれたのね、スタンリー様」

息も絶え絶えに伝えると、彼はふわりと笑った。

「俺は君を愛している。金輪際君の中に入れなくても、この思い出だけで生きていける」

ふっきれたような、悟りを開いたかのような清らかな笑顔だ。私は呆れてしまった。

この人、多分分かってないな。

「セックスは、愛を確かめ合う行為なんでしょ？」

スタンリー様は戸惑ったように私を見つめた。

「私、あなたのことが好きって言ったわ。分かる？　自分の気持ちをごまかせない。愛しているわ。私はあなたと二度とできないなんて嫌です」

スタンリー様の殉職者のようなまっさらな顔から表情が抜けた。やがてその瞳に生々しい光が復活する。

「ジジイが——お爺様が、女の子が欲しいんだって」

低い声がさらに低く這うようなものになる。

「セックスは子作りの行為でもあるんだ、ニーナ」

知ってるわよ、それくらい。子持ちだもの。

「ただ俺は、女の子が欲しいというより、君の中に俺の種子をひたすら注ぎ込みたい」

私はこの時、彼の声に含まれる不穏な響きに気がつかなかった。だから思ったことをその場で伝えたのだ。

「私は欲しいわ、スタンリー様。またあなたにそっくりな子が欲しい。だから今度私を抱く時は、中に――」

スタンリー様は無言で、ひょいと私をうつ伏せにしていた。私は目を丸くする。

「エロイーズが言うには、こっちの体勢の方が女の子ができるらしい」

「エロイーズ!? あの人私にだけじゃなくスタンリー様にまでレクチャーを――あっ！ 待って、今から？ ちょっと休まないと――」

「尻をもっと高く上げて」

背後から貫かれ、パムと大きな音が鳴った。再び快楽で思考が飛びそうになる。よく考えたら未だに後ろ手に縛られたままだ。私は顔を横に向けて喚いた。

「優しくするって言ったのに！」

「激しいのはイヤ？」

切り返すように言われ、私は言葉に詰まってしまった。嫌……じゃない。尊厳を無視した暴力と激しいのは、全然別物だもの。

「ううん……スタンリー様になら、激しくされたい。縛られるのも、スタンリー様のものになったみたいで素敵。好きにして」

恥ずかしかったけど、正直な自分の気持ちを告げていた。

「そうか、だから、こんなに締めつけてくるんだね」

うなじに唇を這わせ耳元で囁く彼の声があまりに甘くて、私の下腹部がさらにきゅうっと彼の辺境伯を絞り上げる。

「ぐっ……ニーナ、待っ……」

「乱暴にして。今のあなたは怖くない」

バラバラに砕けるくらい叩きつけてほしい。そしてまた天国に送ってほしい。

彼を振り返ると、しんどそうな彼の真紅の瞳が睨みつけてきた。

「潰れたカエルが尻だけ突き上げているような情けない姿が、どれほど俺を煽っているか分からないんだな」

彼は手を回し、わしっと乳房を掴んで私の上半身を持ち上げた。尖端を摘んで擦りながら、首筋を舐め上げる。

「ニーナのツンて尖ってるところ、ニーナそっくりだ」

片手を鼠径部まで這わせて囁く。

「ここも」

指で花びらを押し広げ、むき出しの花芯を摘んだ。

「きゅ～っ！」

私の腰がガクガクと揺れる。本能で勝手に動いたのだ。その振動は、刺さったままの彼のモノを刺激したようだった。彼は腰を落として、ギリギリまで抜いた。

「はうんっ」

恥骨の下のざらっとした部分に亀頭が当たり、喘ぎ声がとろけた。それを耳にしたスタンリー様が呻いた。

「この姿勢はヤバい。君のGスポットは、俺にもすごい刺激を与える」

私は振り返って首を傾げ、瞬きした。

「いい場所？」

そんな私を見たスタンリー様は、怖いくらい真顔になった。

「俺はダメなやつだ」

そう言うと抜けそうなほど引き抜いていた硬い杭を、大きく突き上げていた。

「いあぁぁぁっ！」

涙が飛び散る。

「無垢な君にもう気を遣えない」

揺れる乳房を掴み上げ何度もガツガツと穿ち続けながら、止められないと己を呪うスタンリー様。

「ニーナ、ニーナ、俺を嫌いにならないで」

スタンリー様の声には、絶望の響きすらあった。

「君を壊してしまいそうで、怖い」

そうか、彼は私にしか勃起しない。彼の性欲のすべてが私一人に集中してしまう。離れていた四年分も含め、すべての性欲が。それが不安なのかもしれない。

「ニーナごめん」

肉のぶつかり合う音。しかししなる腰は止まらず、彼は謝ってばかりいた。だけど私は快楽の果てに放り出され、それどころではなかった。

「もっと、もっとよ、激しくして……スタンリー様」

どうしよう、彼を煽ってしまう。私はどう見ても淫乱ビッチだ。下の口からも上の口からも涎を垂らし、虚ろな目になっているのに、無限に彼が欲しかった。アレクサー漬けの時よりよほど正気を失っているではないか。

「愛してる」

耳元で何度も囁く彼の声に呼応するように、膣が彼に絡みつき締めつけた。

「うあっ……絞る……なっ」

彼が叫んだ次の瞬間、熱いものが体内を満たした。


二人の荒い呼吸しか、しばらく聞こえなかった。スタンリー様は、突っ伏した格好のまま息を整えている私を見下ろし、ようやく手首の紐を解くことに気が回ったようだった。

「ごめん、赤くなってる」

手首を優しく摩(さす)ってくれる。

「いいんです、気持ちよかった」

うっとり目をつぶって余韻に浸る。セックスって、癖になりそう。私ったら本当に淫乱だったんだわ。でもスタンリー様も絶倫の予感がするから、いいコンビなのかも。

「……さすがに少し疲れました」

「ニーナ」

おもむろに、スタンリー様がベッドから降りた。サイドの椅子に座って、はだけたガウンを直す。

「ニーナ、聞いてほしい」

私はのろのろと彼の方に顔を傾けた。

「どうしても、言っておきたいことがある。ずっと、伝えられなかったことだ」

真紅の瞳は、愁いを湛えている。

「無垢な善人の君を陥れ、傷つけて、すまなかった」

「スタンリー様――」

「許さなくていい。ただどうしても、言いたくて」

枕を抱っこして体を隠し、私は身を起こした。

「あんな忌まわしい経験だったのに……エイベルをこの世に産んでくれてありがとう」

「あなたのために、産んだわけじゃないわ」

「分かっている。でも、エイベルを育ててくれて、ありがとう。こんなこと言われたくないだろうけど、会わせてくれてありがとう」

彼の股間は落ち着いている。そして私もアレクサーが切れ、欲望をすべて解消できている。お互いすっきりした状態で、私たちは向き合っていた。

「こんな風に、強姦魔みたいに君を貪ってしまった俺だが……それでも君を愛している」

私は笑いを噛み殺した。真剣に話している彼に失礼だと思ったからだ。

「強姦魔は今さらです。それに私もあなたを愛しているって言ったでしょう？」

スタンリー様は不安げな表情で尋ねてきた。

「なら……その……俺の妻でいてくれるのか？　離婚なんてしないでいてくれるか？」

私は目を丸くした。ああ、そうか。母に言った言葉を、彼はどこかで聞いたのだ。私は彼を安心させるために、満面の笑みで答えた。

「あなたが望む限り」

すると安堵のあまりか、スタンリー様の全身の緊張がすっと抜けた。ふうっと額の汗を拭い、背もたれに背を預ける。

「よかった……」

彼はサイドテーブルのグラスを取る。

「嬉しいよ。ただ……まめに君を抱きたい。でないと本当にただの強姦魔になってしまう」

グラスを飲み干してから、スタンリー様はフフッと笑いを零した。

「まあやりすぎだと思った時は、君が俺を縛ってくれてもいいよ？」

冗談で言った彼の手元を、私は青ざめた顔で凝視した。

「それ、さっき私が飲んだ……」

「……？」

彼は自分の手にした空のグラスに視線を落とす。

「あ……」

エピローグ

ニーナにハムみたいに縛り上げられ、その翌朝使用人たちに見つかって顰蹙（ひんしゅく）を買ったのは、一年と少し前のこと。

その間に、王都では一悶着あった。

王太子がローレンス王子に変わったのだ。クリフォード殿下は自らが種なしであることを世に公表し、王太子の座を降りた。そしてローレッタ様とスローライフするとかで、都を去ったのである。

俺たちの方はというと――

俺は今、ベッドの上のレディ二人を見守っている。

乳母を雇わず、自分で授乳することにしたニーナ。

しかし授乳の途中でニーナは眠ってしまったようだ。娘のメイベルは夜泣きはそう多くはないが、オッパイ大好き食いしん坊で、夜間も何度も起きる。そろそろ離乳食開始だろうか。

ニーナは、寝不足なんだろうな……

俺はオッパイを飲み終えたメイベルをそっとニーナから引きはがし、肩に担いでゲップさせた。

メイベルは生後五か月になるのに、まだ自分でうまくゲップができず、ウエェロッと母乳を吐き出す。たいていエイベルがすっとんで来て拭いてくれるのだが、今エイベルは家庭教師と子供部屋でお勉強中。言葉を話すのは遅かったエイベルだが、先に文字を覚えてしまい、今は自分で本を読めるようになっていた。立派な辺境伯になることだろう。

しばらく縦抱っこして、筋トレ代わりに屈伸を続けているうちに、メイベルはウトウトしだした。完全に眠るのを待って、ゆりかごにそっと移す。それから、しげしげと娘を眺める。

見た目はニーナにそっくりだった。柔らかなクリームブロンドに若草色の明るい瞳。目元には俺と同じ位置に泣きボクロ。

ただ、今のところほとんど笑わない。どうやら中身は俺に似たらしい。不愛想で、不器用な女の子になりそうだ。

——眉間に皺を寄せて寝る赤子ってどうなんだ？

メイベルの寝顔を見ているうちに、俺まで眠くなってきた。欠伸をし、ニーナの隣にごろりと寝そべるも、今度はニーナの寝顔に見入ってしまう。

乳房が、出たままだな。冷えたら大変だ。前開きのブラウスを掻き合わせ、ボタンをしめてやろうとした。最初は。

うっすら青い血管の透けた真っ白な胸の膨らみ、そしてそのラズベリーのような先端に母乳が滲むのを眺めた。ムラッとなってきた。

疲れているのは分かっているが、少しだけ……

俺はたっぷり母乳を含んだ重たい乳房を掬い上げ、顔を埋める。

「しゅたんりーしゃま？」

むにゃむにゃ言いながら、寝ぼけた声で問いかけられた。ああ、起こしてしまったな。

「どうしたの？　メイベルみたいよ？」

若草色の瞳の垂れ目が、とろんと俺を見つめる。寝起きが一番エロいかもしれない。

「ちょっとだけ、俺の相手も……して……くれないだろうか、たまにでいいから」

決まり悪くて、ボソボソと言う。だって俺の精は強くて、ニーナはすぐ妊娠しちゃったからな。

ニーナはクスッと笑って、俺の頭を抱きしめた。

「仕方ないわね」

俺は嬉々として、再び大きなオッパイにむしゃぶりつこうとした。

「愛している、永遠に愛している」

呪文のように呟いた時、ミルクが発射され俺の眼球を直撃したが、俺はそれでも最高に幸せだった。

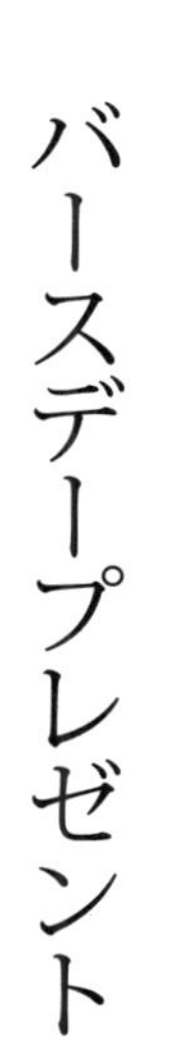

バースデープレゼント

大きな木箱にクッキーと焼き菓子を入れ終えると、私は頭に被った三角巾を取った。五歳になったエイベルが背伸びして、調理台の上を眺めている。涎を垂らさんばかりだ。

「君のもあるわよ」

大皿に分けておいた星形のクッキーには、都から取り寄せたナッツとチョコチップがたっぷり入っている。エイベルはさっそく手を伸ばして言った。

「メイベルにもあげる！」

私は慌ててたまごボーロの皿を出す。

「メイベルには、まだこっちにしておきましょうか」

「え～、じゃあこっちのシナモンケーキは？　ちっちゃく割るからいいでしょ？」

メイベルは、お兄ちゃんが食べている物を何でも食べたがるし、エイベルは妹に甘いからすぐに食べさせちゃう。それと、メイベルは最強なので、たぶん小さく割った方ではなく、大きい方の焼き菓子を奪い取ると思う。

「あ、そうだ！　お爺様と一緒にあげる。それならいい？」

「だめよ、ハドリー様はよけいメイベルに甘いからっ」

エイベルの真紅の瞳がウルウル潤む。ううう、これをやられると弱いんだよなぁ。

「分かったわ。じゃあイブリンと一緒にね。それと、私がお父様のところに行っている間、ちゃんと遊んであげてよ?」

メイベルが生まれて一年経ったが、エイベルは相変わらず妹が大好き。シスコンお兄ちゃんだ。だからメイベルの世話は、敢えて言い聞かせなくてもかいがいしく焼くと思う……

「メイベルとばっかり遊ばないで、ハドリー様も構ってあげて? いいわね?」

夫となった黒の騎士ノワール——いえ、スタンリー様は、もうすぐ誕生日を迎える。雪解けと除雪作業は進んできたけど、魔物の中にはちょうど今頃冬眠から覚める種もいるため、砦を離れられないという。ガイアス神の生誕祭も一緒に祝えなかったのに、誕生日も家族と一緒じゃないだなんて……

私はイーライさんに頼んで、お菓子と医薬品を詰め込んだ箱を馬車に積んでもらう。

「いくら道が正常に戻ってきたといっても、今は来ちゃダメだって坊ちゃ——旦那様の手紙に書いてあったじゃないっすか、ニーナちゃ——奥様怒られませんか? 俺、嫌ですからね、送りませんからね」

使用人仲間だった頃のクセが抜けないイーライさんだが、私も未だに「奥様」と呼ばれるのは慣れない。

「あら、別にいいわよ。一人で行けるもの」

イーライさんは絶望の表情を浮かべた。

「一人でなんか行かせたら、それこそ旦那様に殺されますよ。もうっ、御者やらせていただきます！　エロイーズも付き合わせましょう。二人きりだとやっぱり殺されるから」

元々私は貴族のご婦人じゃないんだし、そんなに過保護にしないでいいのになぁ……。馬車道の泥濘（ぬかるみ）がなくなれば、砦までは馬車でせいぜい二日なのだ。

「今年の夏にはアボック市以外も、街道の舗装が進む予定です。そうなったらもう少し通いやすくなるんですけどね」

イーライさんが嬉しそうに言った。スタンリー様が赴任してからは、領地軍の機動性が向上して、魔物対策だけでなく、領内の治安もすっかりよくなっているのだ。冬の寒さも魔物の出没も相変わらずだけど、そのうち少しずつ移住者が増えて、ウィンドカスター辺境伯領だってにぎやかになるに違いない。

「まさかこんなに会えないなんて思わなかった。スタンリー様のお母さまの気持ちが、ちょっとだけ分かったかも」

私がボソッと本心を口にすると、イーライさんはもう何も言わなかった。

砦に着くと、以前とは違い兵士らから大歓迎を受けた。

イーライさんが医薬品を医務室に運んでいる間、エロイーズに手伝ってもらいながら、群がる兵士たちにせっせと焼き菓子とクッキーを配る。食堂には甘い物が置いていない。みんな、生誕祭ですら皆に缶詰めだったためか、随喜の涙まで流している。簡単なお土産などではなく、材料を持ってきて、ここの厨房でブッシュ・ド・ノエルでも作ってあげればよかったかしら。私は彼らが可哀想になった。兵役が早く終わるといいわね。

「なんか奥様のお菓子、おふくろの味なんですよね。素朴で」

「俺は妻の味を思い出すな」

「辺境伯夫人って家庭的っすよね！」

ムシャムシャやりながら、口々にそう言われた。おっと、里心を植え付けてしまったかな？　出身の村が遠いと、まとめて休みを取らない限り、中々故郷に戻れない者もいるだろう。

「おふくろのふっくらした胸を思い出します」

「俺も、遠距離になるからって振られた元カノの乳枕で眠りたいな」

「辺境伯夫人って胸デカいっすよね、授乳まだやってるんっすか？」

……ん？　よく見れば、彼らの視線が全部私の胸の位置にあるような？

「おい」

地獄の底から這ってくるような声が、なぜか頭上から落ちてきた。振り仰ぐと、プロテクターを身に着けた夫が、例によって血だらけで立っていた。真紅の瞳がギラリと光り、部下たちを睥睨する。

それを受けて兵士たちは、蜘蛛の子を散らすように逃げていった。

「なんでここに来た？」

咎めるようなキツい声。怒られるのは分かっていたが、久々に会ったのだし、ちょっとは喜んでくれたって……。私は不貞腐れてそっぽを向いた。

夫のため息が聞こえた。しばらくしてから、彼は焼き菓子を指差す。

「俺の分もある？」


司令官室に向かう途中の廊下でも兵士たちとすれ違ったが、さすがに夫が隣にいるので会釈をするくらいである。うん、娼婦と間違えられた昔とは違うな。

夫が突然警告するように大きな声を出したので、私はビクッとなった。どうやら私に言ったわけではなく、すれ違った兵士らに向けてらしい。

「振り返るな」

やべっ、という声がして走り去る足音がした。

「まったく、ここは学院の中等部か！」

夫は真紅の目を尖らせて彼らを見送り、私の腰に腕を回してきた。

「あいつら、俺の妻の尻を舐めるように見やがって」

やだ、気づかなかったわ。夫は目を丸くしている私を見下ろして言った。

「君もその歩き方どうにかならないのか」

「歩き方？」

「アヒルみたいなさ」

私はムッとして長身の夫を見上げた。

「まさかスタンリー様、まだ男性を誘惑しているって言うつもり？」

途端、夫はオロオロ狼狽えはじめる。

「そ、そういう意味ではなくてだな、体幹のブレが気になってだな――」

彼はしばらくいろいろ言い訳をしていたが、ついに長いため息と共に首を振り、黙って歩くことにしたようだ。しかし、歩幅がまるで違うことを気遣い、ゆっくり歩いてくれているのは分かった。

砦の要となる城塞の窓からは、兵士らが広場で訓練しているのが見えた。

「オラオラ新兵ども、ここをどこだと思ってんの～？　対魔物最前線を担う、天下のウィンドカスター辺境伯領だぞ。生きて帰りたいなら死ぬほど鍛えろ、あと俺に巨乳を紹介しろぉ～」

粗野な声は聞き覚えがある。元伝説の傭兵で副司令官のオーエンさんだ。とっつぁん……じゃない、オヤッサン、相変わらずね。


司令官室に入ると夫は、血を落としてくる、と言って司令官専用の浴室に向かった。

シャワーの音を聞きながら、私はあまり日持ちしない方の焼き菓子を準備する。ハート型のそれには、ピンクの粉砂糖がかかっている。黒の騎士と呼ばれていた夫には、あまりにそぐわなくて少し笑えた。

しばらくしてから清潔なシャツに着替え肩にタオルをかけた夫が、カップを二つと小皿をトレイに載せて戻ってきた。まだ黒髪は湿っていて、妙な色気を感じてしまう。私は赤くなって俯いた。

しばらく沈黙が続き、お茶をすする音だけが響く。

夫が屋敷にいる時は、いない分を補うかのように、子供の相手を全力でしてくれる。もちろん夜は夫婦の時間を持ってくれるけど、授乳や夜泣きで寝不足の私を気遣って、激しくは求めてこなかった。そして休暇が終わるとすぐに砦に戻ってしまうため、新婚生活は濃密とはいえなかったのだ。今日だって久しぶりだからか、夫婦なのになんだか気まずい。本当はベタベタしたいのに……

お茶を入れてくれながら、夫の方が先に口を開いた。

「春の魔物の目覚めの時期だ。腹を空かしているから凶暴でな。君は来てはいけなかった。道中だって危ないし。何かあったら、子供たちが悲しむし――」

そこまでブツブツ言ってから、夫は一瞬口を噤んだ。しばらくして、さらに小さな声で言った。

「ニーナに何かあったら、俺は、生きていけない」

それを聞いた私は、目を丸くした。やだ、素直だわ。頬が赤くなるのを意識しながら、私は紙に包まれたお菓子類をテキパキと小皿に分けていった。

「スタンリー様、甘い物嫌いでしょ？　一応、無糖のコーヒー味のも焼いてきたの」

夫は焼き菓子の皿を見下ろし、首を傾げた。

「俺、嫌いなわけじゃないぜ？」

「え!?　だって、学院時代の差し入れ、全部拒否したわ」

彼は思い出すように少しの間考えてから、端正な顔をしかめた。

「あれは……君に絆されたくなかったからだ。他の男たちと同じように、君に心を奪われたくなかった」

「そ……そうなの？　じゃあ食べられる？」

夫はフォークを使わずに焼き菓子をガブリとやった。しばらく堪能するかのようにモグモグ口を動かしていたが、やがてごくりと呑み込み、美味いよと言ってくれる。だけど私の方はというと、彼が食べる様にうっとり見とれてしまっていた。

男の人の喉が動くところ、セクシーよね。とくに夫の喉仏は大好きだわ。そんな彼が唇を舐めて赤い瞳をこちらに向けたものだから、動悸が激しくなる。

「甘い」

「よ、よかったわ！　体を動かす人は塩分だけじゃなくて、糖分も必要ですものね！」

「足りないな」

そう言われて、私はいそいそと別の焼き菓子を皿に載せる。

「これはね、エイベルが大好きなナッツの――」

「ニーナが食べたい」

「ほわっ⁉」

あの不愛想な黒の騎士が、私にこんな甘い言葉を吐くなんて！　以前とはなんと違うことか。しかも、いつも鋭かった真紅の瞳が潤んでいる。彼がゆっくりシャツの襟のボタンを上から外していくのを、私は呆然と見つめた。

「数か月ぶりに堪能するよ、そのつもりで来てくれたんだよな？」

※　※

　正直、砦まで来てくれたことは嬉しかった。誰の目にも触れないなら。俺は妻が他の男の目にさらされるのが嫌でしょうがない。狭量な男なのだ。

　屋敷ではなるべく父親としての役目を果たしたかった。エイベルの時、自分は何もできなかったからだ。それどころか、自分の子がこの世に誕生していることすら、知らなかった。最低なんだ。

　見た目は俺にそっくりでも、中身はニーナそのもののエイベルはまだいい。すぐに懐いてくれるから。問題は、メイベルだ。

　あのお姫様は、よちよち歩きだというのに、不愛想で滅多に笑わない。俺を見上げる若草色の瞳は、道端の虫けらを見るように冷たい。妻は、中身は俺にそっくりだと言うが、ここまでだったかな？　これでは、メイベルが年頃になったらもっとすごいことになりそうだ。お父様臭いとか、お父様毛深いとか……挙句の果てに、あんたなんか父親じゃない、とか言われるようになるのだろうか。もちろん俺は、断じて臭くないし、オヤッサンみたいに毛深くないけどな！

　とにかく、砦に詰めることが多い身の上だ。あれこれ考えて不安になってしまう。だからそうならないよう、屋敷に居られる時は娘に媚びへつらい、その分夜は妻との時間をたくさん取った。

　ただ体目当てだと思われたくないがために、夫婦の営みは自粛していた方だ。それがいけなかった。

長い冬が終わり、冬に活性化する魔物が引っ込んだ頃には、俺の股間だけが妻のもとに走って行ってしまいそうだった。もっと不味いことに、それほど求めている状態で、妻の方からやってきてしまったのだから。

「ニーナ、俺がどれだけ飢えているか分かってた？」

危険を感じたのか、椅子から立ち上がって後ずさる妻を、じりじりと壁際まで追い詰める。俺は濡れた前髪をかき上げると、ふくふくした獲物をじっと見下ろした。廊下からは兵士らが歩き回る音がする。仕事中なのは分かっている。だが……俺は妻のブラウスのボタンに手を伸ばした。

その時だ。扉の外から部下の声が響いた。

「司令官閣下、魔物ですっ、大物のヒグマ魔獣が目を覚ましました！　結構な大型ですっ」

嘘だろ⁉　反り返ったままの股間は、どう考えても収まりがつかない。俺はクソッと毒づいた。

「オヤッサ――副司令官の班を中心に、今訓練中のA班、D班で対応、手の空いている班を俺が連れていくから」

前屈みになりながら、司令官室の部屋の扉に向かったその時、ぐいっとシャツを引っ張られた。振り返ると、ニーナが裾を掴んだまま、若草色の瞳でこちらを見上げているのが目に入る。白い頬をピンク色に染め、赤い唇をきゅっと噛んでいる。ああ……そこに噛みつくのは、俺だったはずなのに。ニーナは艶々とした唇を開いて囁いた。

「本当はスタンリー様への誕生日プレゼント、お菓子じゃないの」

それ以上言わなくても、俺にはちゃんと伝わった。俺は生唾を飲み込み、外の部下に向かって言っていた。

「……お前ら、そろそろ自分でどうにかしろ」

「へっ？　ヒグマ魔獣なんて初めてで、俺たちどうしたらいいか」

「甘ったれんな、巴投げとかでどうにかできる」

「本当ですかっ!?　四メートル級ですけど!?」

「うるさい、さっさと行け」

俺は外に向かってそう命じると、妻のプルプルの唇に覆いかぶせるように自分のそれを重ねた。

「んっ……」

外にはまだ部下がいる。声を出すなよ、ニーナ。そう思いながら、口内に舌を挿しこみ、柔らかい粘膜や可愛らしい舌を貪った。くちゅくちゅじゅるじゅるという水音が外に響いているかもしれないが、汁物を食っていたことにしよう。

震える手で妻のブラウスのボタンを外し、コルセットの紐を解く。押し上げられていた真っ白な半球を舌で舐めながら、シュミーズごと一気に下げた。ボロンと音がしそうなほど勢いよく、妻の乳房が零れ落ちる。授乳期間は終えたはずだが、相変わらず俺の大きな手の平からこぼれそうなくらい、ボリュームがある。その先にあるツンと上向いた蕾を親指の腹で嬲（なぶ）ると、声を殺していた妻の口からいやらしい喘ぎが漏れた。外から、部下の怪訝そうな声がした。

「し、司令官閣下？」

「なんでもない、裏声とビブラートの発声練習中だ。ごほん、あ、あ～っ、テステス、とっとと行け、消えろっ！　この生ゴミ以下の寝ションベン禿げっ！」

いわれなき罵倒を浴びた部下が、ひでぇと泣きながら走り去る足音が聞こえた。

俺は妻のスカートの裾から手を入れる。

「もう、思い切り声を出していいぜ」

滑らかな太ももに手を這わせスカートをたくし上げていき、けしからんデザインの紐パンを取り去ると、プリンとした尻を剥き出しにして掴んだ。割れ目を指でなぞり、そのまま内側にまで指を這わせ、濡れ具合を確かめる。

「ニーナ……洪水だ」

「っ――言わないで！」

恥ずかしそうに叫んだ妻を後ろ向きにして壁に押し付け、俺は彼女の腰を掴んだ。震える手でズボンの前を寛げ、猛り狂った肉の杭を妻の尻の割れ目に押し付ける。ずりずりと内側まで擦り付け、その存在感を知らしめてやろうと思ったのだ。だが、意に反して俺の股間の司令官は特攻をかけていた。ずぶりと、彼女の中にめり込んだのだ。根元まで。

「あっ！　あぁぁぁぁあっ！」

妻の上げた、手負いの獣のような声に総毛立つ。二人も産んだというのに、キツすぎて……俺は瞠目した。まずい、このままでは中に出してしまう。結婚しているのだから、避妊薬は飲んでいないだろう。でも俺は、妻にしばらく妊娠してほしくない。遠慮なく妻の体を堪能したい。赤子に焼き餅を焼きたくない。ダメな父親だ。

「ニーナ、待ってくれ、そんなに絞らないで」

俺の精子はしぶといから、確実に妊娠させてしまうっ！　妻が淫らにとろけた表情で後ろを振り返った。

「もっと……もっと突いてっ」

もうどうにでもなれ、と俺は思った。愛する妻がエロい顔で懇願してきたのだ。一ダースの大家族になろうが知ったことか。

俺は剥(む)き出しの乳房を背後から掴み、揉みしだきながら、抽挿を開始した。口づけよりもいやらしい音が響いたが、砦の兵士たちはヒグマ魔獣狩りでみんな出払い、聞いている者は誰もいない。たぶん。聞かれていたってもうかまうものか。そいつらを葬ればいいのだ。

ぴちゃんぴちゃんと突くたびに響く音に、妻の喘ぐ声が混じって俺は恍惚(こうこつ)となる。まくり上げられたスカートから見える真っ白な尻は、俺に腰を叩きつけられたせいでピンク色の桃のようになっている。それでも、止められなかった。

「ニーナ、ニーナ、愛している」

俺は一滴残らず全て妻の中に出していた。

※　※

夫がしょんぼりしているのは、オヤッサンに怒られているからではないと思うの。推測するに、私がまた妊娠するかもしれないと思っているからに違いない。

ばかね、私は薬剤師よ。子作りは計画的にしないとね。でも、避妊していることを言えば、お腹が破裂するほど彼の精液を流し込まれていた気がするから、これでよかったのだわ。

部下であるはずのオヤッサンからヒグマ魔獣の解体を命じられた夫は、帰り支度をしている私に気づき、情けない顔をしている。今夜くらい、下の村の宿で一緒に過ごしたかったのに、罰則でそれができなくなってしまったものね。

「来週には、司令官殿にも休暇を取らせてやるからさ」

オヤッサンがそう言って、夫の肩をポンポン叩いた。

魔女と王子の契約情事

漫画 ハム太
原作 榎木ユウ

1

Majotoojino Keiyakujouji

エヴァリーナを私の妻とする

「魔女エヴァリーナ、デメトリオ王子の伽をせよ――…」
殺された王子を生き返らせることに成功した稀代の魔女エヴァリーナ。しかし、甦生を完璧にさせるには、王子とエヴァリーナの性交が必要で!? 王子にある想いを秘めているエヴァリーナは今宵限りと王子と一夜を共にする。ところが翌日、王子が責任を取って結婚すると言い出した! さらには魔法の代償で、あと数十年は王子とエッチしないといけなくて――!?

無料で読み放題
今すぐアクセス!
ノーチェWebマンガ

B6判 / 定価:770円(10%税込)
ISBN978-4-434-33719-2

幼い頃の事件をきっかけに、家族から疎まれてきた令嬢・エステル。ある日、いわれのない罪を着せられた彼女は、強い魔力を持つ魔法使い・アンデリックと結婚し、彼の子どもを産むことを命じられる。かたちだけの婚姻だったが、不器用ながらも自分を気遣ってくれるアンデリックと共に穏やかな日々が続く。けれどエステルの胸に安らぎが訪れるたび、過去の記憶が彼女を苛む。

「私がすべきことはアンデリック様の子を孕むことだけ」

自分の役割を果たすため、彼女がとった行動は——…？

Webサイトにて好評連載中！

無料で読み放題

今すぐアクセス！

ノーチェWebマンガ

B6判／定価：770円(10％税込)

この作品に対する皆様のご意見・ご感想をお待ちしております。
おハガキ・お手紙は以下の宛先にお送りください。

【宛先】
〒150-6019 東京都渋谷区恵比寿 4-20-3 恵比寿ｶﾞｰﾃﾞﾝﾌﾟﾚｲｽﾀﾜｰ 19F
（株）アルファポリス　書籍感想係

メールフォームでのご意見・ご感想は右のＱＲコードから、
あるいは以下のワードで検索をかけてください。

アルファポリス　書籍の感想　検索

ご感想はこちらから

本書は、「アルファポリス」（https://www.alphapolis.co.jp/）に掲載されていたものを、
改題、改稿、加筆のうえ、書籍化したものです。

王太子に捨てられ断罪されたら、大嫌いな騎士様が求婚してきます

エロル

2024年 11月 25日初版発行

編集ー中村朝子・堀内杏都・大木 瞳
編集長ー倉持真理
発行者ー梶本雄介
発行所ー株式会社アルファポリス
〒150-6019 東京都渋谷区恵比寿4-20-3 恵比寿ｶﾞｰﾃﾞﾝﾌﾟﾚｲｽﾀﾜｰ19F
TEL 03-6277-1601（営業） 03-6277-1602（編集）
URL https://www.alphapolis.co.jp/
発売元ー株式会社星雲社（共同出版社・流通責任出版社）
〒112-0005 東京都文京区水道1-3-30
TEL 03-3868-3275
装丁イラストー鈴ノ助
装丁デザインーAFTERGLOW
（レーベルフォーマットデザインー團 夢見（imagejack））
印刷ー中央精版印刷株式会社

価格はカバーに表示されてあります。
落丁乱丁の場合はアルファポリスまでご連絡ください。
送料は小社負担でお取り替えします。

ISBN978-4-434-34838-9 C0093